5分钟爆笑诗词

白居易篇

历史的囚徒 著

湖南文艺出版社
HUNAN LITERATURE AND ART PUBLISHING HOUSE

博集天卷
CS-BOOKY

图书在版编目（CIP）数据

5分钟爆笑诗词. 白居易篇 / 历史的囚徒著. -- 长沙：湖南文艺出版社，2023.7
ISBN 978-7-5726-1212-1

Ⅰ.①5… Ⅱ.①历… Ⅲ.①唐诗 – 诗集②白居易（772-846）– 传记 Ⅳ.①I222②K825.6

中国国家版本馆 CIP 数据核字（2023）第 095181 号

上架建议：文学·中国古诗词

5 FENZHONG BAOXIAO SHICI. BAI JUYI PIAN

5 分钟爆笑诗词 . 白居易篇

著　　者：历史的囚徒
出 版 人：陈新文
责任编辑：刘雪琳
监　　制：邢越超
策划编辑：李彩萍
特约编辑：万江寒
营销支持：文刀刀
装帧设计：利　锐
插　　画：罗茗铭
出　　版：湖南文艺出版社
　　　　　（长沙市雨花区东二环一段 508 号　邮编：410014）
网　　址：www.hnwy.net
印　　刷：天津丰富彩艺印刷有限公司
经　　销：新华书店
开　　本：875mm×1230mm　1/32
字　　数：151 千字
印　　张：8
版　　次：2023 年 7 月第 1 版
印　　次：2023 年 7 月第 1 次印刷
书　　号：ISBN 978-7-5726-1212-1
定　　价：49.80 元

若有质量问题，请致电质量监督电话：010-59096394
团购电话：010-59320018

孤勇者

中国历史上有无数读书人，留下了无数经典诗文。

可谓千岩竞秀，万壑争流。

那么，在这个群体里，最勇敢的是谁？

有人说是李白，因为他敢让大太监高力士为他脱靴，让杨贵妃为他捧砚。

有人说是杜甫，因为他仗义执言，为救房琯而触怒肃宗。

以上两位，各有千秋，但在批评朝廷方面，没有那么直接。

可这本书的主人公一直活跃在官场，大领导还很重视。

尽管如此，他还是以笔为武器，不停地批评批评批评。

他的名字叫白居易，堪称"最勇敢的读书人"。

白氏家族本居于太原（今山西太原西南），后迁至下邽（今陕西渭南北）。

白家的远祖叫白起，歼敌近百万，为秦国统一六国做出了巨大贡献，后位列"战国四大名将"之首。

白居易的父亲白季庚也不是一般人，曾经打过徐州保卫战，面对强敌，坚守四十二天，等待援军到来，大破叛军。

勇敢，是流淌在白居易血液中的神秘物质。

白居易的活跃时期正值中唐，宦官专权于内，藩镇割据于外，帝国在下坡路上疾驰。

白居易生命的主基调，是愤懑、苦恼和矛盾。

他年少时经历过一场叛乱，父亲将他送走避难，小小年纪就南北奔走，备尝艰辛，这让他幼小的心灵得到了极大的锤炼。

面对乱世和贫困，他也曾恐惧过，害怕过。

尽管如此，他的理想，也飞扬过。

早在 16 岁，他就写出一首刷屏级的名诗。

赋得古原草送别)

离离原上草，一岁一枯荣。

野火烧不尽，春风吹又生。

远芳侵古道，晴翠接荒城。

又送王孙去，萋萋满别情。

此诗虽然出名，但给他带来的只是虚名而已。因为之后，他再度陷入迷茫。

他一直在思考原因。这种思考是没有边际的，也是需要勇气的。

白居易的官场生涯，从小官做起，先是秘书省校书郎，然后是县尉。

县尉这个职位的主要工作，是对上奔走逢迎，对下压迫掠夺。

对这种分裂的生活，另一位大诗人高适曾总结道："拜迎官长心欲碎，鞭挞黎庶令人悲！"这是高适表达的极限了。

白居易则更尖锐，他站在百姓一边，以诗歌为武器，勇敢抨击丑恶现象。

他的笔锋所指的，是统治阶层，他令他们"变色""扼腕""切齿"。

多年在官场沉浮，白居易写的讽喻诗，比老杜要多得多，还形成了"新乐府""秦中吟"几个系列。

见有的诗人含沙射影，指桑骂槐，白居易说："你们这样也太不直接了。"

白居易一出手，不仅是令人难堪的直接，还是迫击炮式的火力。

《长恨歌》更是将矛头直指"先帝"，直言那个高高在上的人，虽然在爱情上很可怜，但安史之乱该由他负责。

要知道当朝皇帝就是玄宗的后代，难道白居易不怕朝廷给他穿小鞋？

好像他根本不怕，这源于他的明确判断——当朝的皇帝想干点事。

事实证明，白居易的判断是正确的。因为《长恨歌》走红之后，他就升官了。

这也算老天对不断坚持、勇气可嘉的白居易的眷顾了。

之后，白居易横冲直撞不计后果，敢直接跟提拔他的皇帝说："陛下误矣。"

这是知识分子式的勇敢和率直。

史料说，宪宗私召李绛抱怨："白居易这家伙太没礼貌了，开除他！"

幸亏李绛是个明白人，也很会讲话，告诉宪宗白居易是忠臣，宪宗才被劝服，没有开除白居易。

勇敢的白居易，又一次赢了。

在白居易出道前，唐诗在各方面皆有标杆，论浪漫有李白，论沉郁有杜甫，论淡远有王维，论刚健有骆宾王，论才华有王勃，论悲怆有陈子昂……

然而，没有谁像白居易那样直白和勇敢。

下面是组诗《秦中吟十首》部分篇章所表达的：

《议婚》谴责富女易嫁的陋习；《重赋》揭露重税之弊端；《不致仕》批评朽官恋权；《立碑》嘲笑铭文胡吹；《轻肥》曝光宦官腐败；《买花》诟病贫富不均……

至于《新乐府五十首》，所批判的东西就更多了。

这些作品记录时间长，涉及领域广，看得出白居易是将写下这些作品当一个大工程去完成的，这也是他投身政治的一种方式。

白居易的这种大胆，其实就是一种情怀和担当。

白居易还是一个罕见的热心肠，当朋友元稹被宦官刘士元攻击时，他随即上疏，笔锋急迫，为其说话。

宰相武元衡被军阀买通的刺客杀害，御史中丞裴度受重伤，他不惜越职言事，请求缉凶。

白居易对朋友的爱是直露的，对陌生人，他也不吝惜释放自己的爱。他对很多群体都很关注，比如女性。白居易有不少同情女性的诗作。

在爱情这件事上，白居易也挺勇敢、挺长情的。直到37岁，他才接受现实走入婚姻的殿堂。

当年，日本和朝鲜使臣、商人来到中国，都肩负一个奇怪的任务，那便是搜购白居易诗歌。

据说曾有一个普通百姓向皇室进元白诗篇，皇帝竟赏了他一个官做。

日本醍醐天皇说，平生所爱，《白氏文集》七十五卷是也；嵯峨天皇曾抄写不少白居易的诗，暗自诵读。

日本人到底喜欢白居易什么呢？可能就是他的勇敢直白、不装腔作势。

白居易的粉丝爱他到什么程度呢？荆州一个叫葛清的人，从脖子往下全刻上白居易的诗句，到了"体无完肤"的程度。

这样的崇拜实乃诗坛奇景。

白居易去世后，当朝皇帝为他写挽诗，称他为"诗仙"，再想到"诗王""诗魔"之誉，同样在诗坛无二。

在生活中，白居易总是在写，他将看到的、听到的、感受到的都写成诗句。难怪他最终会成为唐诗创作数量冠军（存

诗最多）。

到去世那一年，他还在"走笔还诗债"，他总感觉，自己还欠这个世界一首诗。

白居易16岁写出成名作《赋得古原草送别》，29岁在长安应试，一举登第，35岁写出《长恨歌》，45岁写出《琵琶行》。从这些经历中，可以清晰地看到他的路和他的心。

虽然在公元815年贬官江州后，他"心化为灰"，决心从兼济天下走向独善其身。可是，他真的能做到"独善"吗？

没错，白居易为人确实低调了许多，诗里的锐气也有消减。但是，他的心里始终装着百姓，他为百姓做了不少实事。

如果说以前他为民呼吁，主要是在诗句里，那么后来他在江州、忠州、杭州、苏州，就是直接实干了。

在生命的最后两年，白居易还奋战在第一线，在洛阳众筹治水。这不就是一个知识分子真正的勇敢吗？

白居易也会用大量诗句晒出自己的工资，他在乎官服颜色的细微变化，也写到自己 50 岁在长安买房，53 岁在洛阳买房。

试问，哪个官员敢不断公开自己的收入？

这同样是他的勇敢，以及可爱。

白居易最得意的仕途阶段，是做左拾遗的时候。

两年多的时间里，他可以"直言极谏"，讲真话、做真人，为国家和社会挑毛病。

遇到挫折后，他为自己找到一条退路，叫"中隐"。

"中隐"就像一道旋转门，但是在非常时期，这种人生态度又何尝不是一种孤勇？

目 录

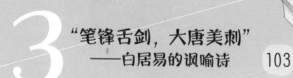

1

"此生有你，我很温暖

——白居易的友情诗

　　如果没有一众友人的陪伴，在残酷的现实中，可能很多大诗人都坚持不下去。

　　李白知此，杜甫知此，王维知此，白居易也不例外。

　　论炽热的友情，白居易拥有的不比前三者少。

群聊名称	酒是蒸馏水，醉人先醉腿 >
群二维码	>
群公告	>
备注	>
查找聊天内容	>
消息免打扰	

白居易与元稹，世称"元白"。

对他们的感情，1000 多年来，人们看热闹的居多，试着去理解的甚少。

看他们之间往来的信件和诗词，可用"亲密"来形容两人的关系。

公元 802 年春天，长安，满城桃花开得正盛。

在这样的连呼吸都无比畅快的日子里，24 岁的元稹和 31 岁的白居易见面了。

元稹只是一个新人，在当时并没有什么名气，而白居易早在 15 年前就以"野火烧不尽，春风吹又生"一诗出了名，轻轻松松就能登上大唐头条。

著名诗人顾况以挑剔闻名，本来有些小看白居易，但是读到"野火烧不尽，春风吹又生"以后，他也赞许地说："长安物价比较贵，混长安不是那么容易的，有不少人都混不下去，但以你的诗来看，没问题！"（"道得个语，居亦易矣。"）

虽然白居易年少就成名了，但他很容易陷入孤独，是那

种深邃的孤独。

可能，有才华的人都是孤独的，他们的身体降入凡间，精神却留在云端。

第一次见到元稹，白居易就对这个河南老乡留下了深刻的印象。

元稹的话不多，却字字珠玑，关键是，他的帅气在诗人中是少见的。

在很多人眼里清高又古怪的白居易，竟然主动跟元稹说话，还亲手递上了自己的名片，当然上面印七个字足矣，那便是：复古采诗——白乐天。

"您对诗歌革新有研究？"元稹小心翼翼地问这位诗坛前辈。

"是的，诗歌就应该讽喻时事，泄导人情，"白居易放下笔，微笑着说，"不然，我们写诗有什么用？"

恰好，元稹也一直在寻思诗歌革新的事，白居易的话准确地击中了他的心。

一段惊天动地的友情由此正式拉开帷幕。

公元 802 年冬，白居易参加了书判拔萃科考试，第二年放榜那天，眼尖的白居易在名单里发现了一个熟悉的名字：元稹。他马上约元稹出来喝酒撸串，结果两人都喝得酩酊大醉。

不久后，他们一起被任命为秘书省校书郎。在唐朝担任过这一职务的，还有以下大腕：张说、张九龄、王维、岑参、韩愈、柳宗元、刘禹锡、李德裕、杜牧……

虽然校书郎的职务卑微，但幸运的是，白居易和元稹被安排在同一间办公室。对于这一点，两人甚觉满意。

那段并肩工作的峥嵘岁月，老白十分怀念，他曾写过一首长诗记录。

代书诗一百韵寄微之

忆在贞元岁，初登典校司；身名同日授，心事一言知。

肺腑都无隔，形骸两不羁。疏狂属年少，闲散为官卑。

·············

有月多同赏，无杯不共持。秋风拂琴匣，夜雪卷书帷。

高上慈恩塔，幽寻皇子陂。唐昌玉蕊会，崇敬牡丹期。

·············

此日空搔首，何人共解颐？病多知夜永，年长觉秋悲。

不饮长如醉，加餐亦似饥。狂吟一千字，因使寄微之。

你的心事，只需要说一句，我就全能明白。这就叫投缘，这就叫默契。就像李商隐诗句里形容的那样，"心有灵犀一点通"。

那段时间，他们一起加班，一起散步，一起咬文嚼字。在文字和思想中共舞，他们几乎忘记了这个世界的存在，有诗为证：

> "花下鞍马游，雪中杯酒欢。"
>
> "月夜与花时，少逢杯酒乐。"
>
> "春风日高睡，秋月夜深看。"

有很多人说看不懂这几句诗的含义，其实语义简单且直接：白居易和元稹在一起，骑马快乐，喝酒快乐，赏月也快乐，就连夜里想起彼此，也会幸福得笑出声来。

白居易和元稹还在一起研究朝廷新出台的"科策"，在长安华阳观昏黄的灯光下，两人一忙就是一通宵。

根据那段时间的研究，他们编撰了一本政论辅导书《策林》。

在接下来几十年的人生旅途中，他们一如从前并肩前行。

除了一同参加科考，成为同一间办公室的同事，之后的岁月中，他们的人生起落轨迹亦十分相似。

公元809年，白居易在长安任左拾遗、翰林学士，元稹任监察御史。

公元810年，白居易改任京兆府户曹参军，元稹被贬为江陵府士曹参军。

公元815年，白居易被贬为江州司马，元稹改授通州司马。

公元820年，白居易在长安任主客郎中，元稹任祠部郎中。

公元829年，58岁的白居易生子阿崔，元稹生子道保。

连孩子都出生在同一年，这究竟是巧合，还是命中注定的缘分？

公元817年的某一天，被贬为江州司马的白居易痛苦无依，给元稹写了一封信，直抒胸臆，饱含真情。

与元微之书

四月十日夜，乐天白：

微之微之！不见足下面已三年矣，不得足下书欲二年矣，人生几何，离阔如此？

....

仆自到九江，已涉三载。形骸且健，方寸甚安。

下至家人，幸皆无差。

·············

微之微之！作此书夜，正在草堂中山窗下，信手把笔，随意乱书。封题之时，不觉欲曙……余习所牵，便成三韵云："忆昔封书与君夜，金銮殿后欲明天。今夜封书在何处？庐山庵里晓灯前。笼鸟槛猿俱未死，人间相见是何年！"微之微之！此夕我心，君知之乎？乐天顿首。

在此文中，白居易将长期郁积于胸的愤慨和忧伤，无法纾解的烦闷和牢骚，都一吐为快。

除了登上庐山赏大林寺桃花，以此来排解心中苦恼，他只能给朋友元稹写信倾诉。在至交面前，白居易很放松。

《与元微之书》全文真挚动人，主题用四个字就可以概括，那就是："我想见你！"

白居易还写过一首著名的诗。

感化寺见元九、刘三十二题名处

微之谪去千余里，太白无来十一年。

今日见名如见面，尘埃壁上破窗前。

无法与元稹等人相见，白居易深深地思念，而今天看到好友的诗句和签名，白居易感觉好像越过时空与他们相见。

1000多年后的今天，我们仍然能从白居易的诗句中感受到他那颗对待友人滚烫的心。

元稹和白居易用友谊温暖了彼此，也在患难之时救赎了彼此。

颇为相似的人生经历、共同的诗风理念、对黑暗官场同样的痛恨，让他们成了知己。

他们的一辈子，其实就是和诗的一辈子。

大和二年（公元828年），他们一起编纂出版了唱和总集《因继集》，共三卷（初为二卷，后有增补），所有的诗共314首。

品读他们往来唱和的诗句，总会被他们的友谊所感动。可以毫不夸张地形容这本唱和集为"我的诗里，住着你"。

元和十年（公元815年）八月，白居易被贬，他因此十分惆怅伤感，常常夜不能寐。

原来，短的是人生，长的是磨难。

这个时候，白居易像往常一样，捧读元稹的诗，寻找慰藉，排遣痛苦。白居易写过这样一首诗来记录。

舟中读元九诗

把君诗卷灯前读,诗尽灯残天未明。

眼痛灭灯犹暗坐,逆风吹浪打船声。

风浪之中,一个中年男人在船中静坐,通宵读另一个男人写的诗,眼睛都看得酸痛了,这是一种什么样的情感?

白居易在受难,元稹同样感到悲苦。

白居易被贬那一年,元稹出任通州司马,在那里,元稹身患重病,卧病在床。

听到白居易被贬的消息,元稹震惊地从床上坐起来,在日记中写道:"残灯无焰影幢幢,此夕闻君谪九江。垂死病中惊坐起,暗风吹雨入寒窗。"

不久,老白就收到了这首诗,在回信中他动情地说:"这首诗,就是不相干的人读了,也会感动得不忍再看,更何况是我呢?每次看它,我心里都会凄恻难忍(此句他人尚不可闻,况仆心哉?至今每吟,犹恻恻耳)。"

看完老白的回信,元稹当场就哭得稀里哗啦的,妻女惊慌失措，以为出了什么大事，但转念一想应当是收到了江州司马的书信之故（远信入门先有泪，妻惊女哭问何如。寻常不省曾如此，应是江州司马书）。

两个"天涯沦落人"，在患难中相互慰藉，其情、其意，令人感慨不已。

白居易和元稹之间也许存在心灵感应。事情说来也神奇，元和四年（公元809年），元稹到蜀地出差，白居易还留在长安。那一天，他们各自写了一首诗。

元稹在诗里说，"梦君同绕曲江头，也向慈恩院里游……"（梦见白居易与好友李建、弟弟白行简三个人一起到曲江游玩），实际上，那天白居易一行三人的确在曲江游玩。

白居易在诗里写的是："忽忆故人天际去，计程今日到梁州。"（他算得很准，那天元稹真的到了梁州。）

在那个没有手机和朋友圈的时代，此等心灵感应，实在令人匪夷所思。

大和三年（公元829年）九月，在漫长的等待后，白居易和元稹终于见面了。

当时元稹自浙东观察使迁尚书左丞，在返回长安途中经过洛阳。二人相见之时，分外亲热，有说不完的知心话。

然而，这竟成了两人最后一次见面。大和五年（公元831年）七月，元稹暴死在武昌任所上，终年53岁。

这个怀着一腔热血踏进庙堂，固执又孤傲的年轻人，在多次被贬后，终于离开了这个世界。

噩耗传至洛阳之时，白居易悲痛万分（一恸之后，万感交怀）。

这年八月，元稹的灵柩被运到洛阳，白居易拄着拐杖，亲自到灵前祭奠，并撰文为其哀悼。

此后，白居易看书想他，喝酒想他，做梦想他……

有一天，他梦见元稹跟自己说话，醒来时泪流满面，写下了千古名句：君埋泉下泥销骨，我寄人间雪满头。

梦微之

夜来携手梦同游，晨起盈巾泪莫收。

漳浦老身三度病，咸阳宿草八回秋。

君埋泉下泥销骨，我寄人间雪满头。

阿卫韩郎相次去，夜台茫昧得知不？

10 年后，已经 70 岁的白居易在好友卢子蒙家里喝酒，看到卢子蒙与元稹的唱和诗，追思往事，泣不成声。

情绪至此，白居易用颤抖的双手，在诗集最后的空白处写了一首诗：

> 览卢子蒙侍御旧诗，多与微之唱和。
>
> 感今伤昔，因赠子蒙，题于卷后
>
> 昔闻元九咏君诗，恨与卢君相识迟。
>
> 今日逢君开旧卷，卷中多道赠微之。
>
> 相看泪眼情难说，别有伤心事岂知？
>
> 闻道咸阳坟上树，已抽三丈白杨枝！

就因为一位姓卢的朋友在诗中多次写到元稹，白居易觉得与他相见恨晚。伤感的情绪再次被点燃：想一想，元稹离开这么久，坟头上的树应该长得很高了。

如此怀念元稹的诗真是数不胜数。

白居易还写，"然自古今来，几人号胶漆？"（自古以来，有多少人像我们这样如胶似漆？）。还有，"同心一人去，坐觉长安空"（你走了，长安就成了一座空城）。

长安巷陌，留下他们往日的足迹；高堤垂柳间，他们的目光多次交汇。

还有阜子陂、慈恩塔、曲江池……他们的身影无处不在。

人生苦短，能拥有这样的友情，还有什么遗憾呢？

中国文坛最佳搭档当然是元白

其实，中国诗坛的著名搭档挺多的，比如李白和杜甫，白居易和元稹，韩愈和柳宗元……

可是有网站曾评选出"历史上十对友谊最深的文人"，

白居易和刘禹锡出人意料地排在第一。

　　白居易和刘禹锡都出生于公元772年，两人初次见面之时，都已经55岁，是典型的夕阳之交。

　　此前，他们互相仰慕，算是神交已久。

　　他们有太多理由早日相识。

　　同为河南人，他们的老家相距不算远；他们都反对空洞浮夸的诗风，主张文学革新；他们都清廉高傲，看不惯中唐时期官场的种种萎靡之态、不思进取之人。

　　如此相似的两个人，很容易因某个缘由聚首，但此前从未见过他们同框。

　　公元826年，白居易和刘禹锡终于在扬州见面。为那场酒局买单的，是时任淮南节度使的王播。

　　当时，刘禹锡刚由和州刺史罢归洛阳，白居易也因病不再担任苏州刺史。

　　在酒席上，两个胡子花白的老人，久久地拥抱在一起。

　　虽然彼时两人都已是名满天下的大诗人，但是他们的内心深埋同样的孤独。

此前，他们各有知己，元稹是白居易不可磨灭的回忆，柳宗元是刘禹锡午夜梦回经常想起之人。

白居易为了纪念元稹，写下让无数人罧鼻子的"君埋泉下泥销骨，我寄人间雪满头"，刘禹锡则用多年时间给柳宗元出了一本诗集，名为《柳河东集》，以报答柳兄弟"以柳易播"的深情。

白居易小课堂

以柳易播

元和十年（公元815年），柳宗元外任为柳州刺史，并得知刘禹锡同时被贬为播州刺史。柳宗元落着泪说，播州环境恶劣，不适合人居住，而刘禹锡是个孝子，家有老母亲，他不忍心看刘禹锡身陷困境。于是，柳宗元上奏疏给皇帝，愿用自己的任所柳州与刘禹锡对换，就是再加一项重罪，也死而无怨。

各自失去知己后，白居易和刘禹锡就像折翼的天使，在人间苟活。

他们原本以为，大半生的酸甜苦辣过后，这辈子再无机会相见。

可是，老天的安排总是出人意料。就是那次初见，刘禹锡的情感被激发了出来，写出了一首名诗。

> **酬乐天扬州初逢席上见赠**
>
> 巴山楚水凄凉地，二十三年弃置身。
> 怀旧空吟闻笛赋，到乡翻似烂柯人。
> 沉舟侧畔千帆过，病树前头万木春。
> 今日听君歌一曲，暂凭杯酒长精神。

"沉舟侧畔千帆过，病树前头万木春"这两句，已成为千古金句。意思是，翻覆的船只旁仍有千千万万的帆船经过，枯萎树木的前面也有万千林木欣欣向荣，此两句用于说明新生势力的不可阻挡。

最好的年华，转眼已经消逝无影，对此当然是有些不甘心的。然而，相似的人，迟早都会相见。

刘禹锡被贬，出任的都是刺史、司马那样的职位。与倔

强的刘禹锡相比，白居易有更多的发展机会，包括在皇帝身边当差。

在扬州的余晖中，两个风烛残年的老人，以文字和酒互相安慰着彼此。白居易为刘禹锡的怀才不遇感叹，写诗。

醉赠刘二十八使君

为我引杯添酒饮，与君把箸击盘歌。

诗称国手徒为尔，命压人头不奈何。

举眼风光长寂寞，满朝官职独蹉跎。

亦知合被才名折，二十三年折太多。

兄弟，你写诗真是一流啊，可是命运对你不公平。大家都风风光光的，有自己的官位，反观你，人生坎坷，岁月蹉跎。

你的才名这么高，受点委屈也算正常。可你被贬二十三年，失去的也太多，付出的代价也太大了！

很显然，当世不会再有任何一个人，比白居易更懂刘禹锡。

生命的最后那些年，白居易、刘禹锡，还有酒，成了打不垮、驱不散的"铁三角"。

年纪越大，白居易越喜欢来两杯，他把自己的号改成了"醉吟先生"。酒后，他们爱在洛阳城内外闲逛，寺庙、山丘、泉泽，处处留下了他们的足迹。

当然，他们免不了用自己最擅长的方式——写诗，来表达对这个世界的看法。

白居易很有心，将自己和老刘的上百首唱和诗编成了《刘白唱和集》，此集一出，天下手抄本盛行。

公元 842 年夏秋之间，与白居易同年出生的刘禹锡走了，白居易非常伤心，为这位晚年知音写了两首悼亡诗——

哭刘尚书梦得二首

四海齐名白与刘，百年交分两绸缪。

同贫同病退闲日，一死一生临老头。

杯酒英雄君与操，文章微婉我知丘。

贤豪虽殁精灵在，应共微之地下游。

今日哭君吾道孤，寝门泪满白髭须。

不知箭折弓何用？兼恐唇亡齿亦枯。

䣓䣓穷泉埋宝玉，窅窅落景挂桑榆。

夜台暮齿期非远，但问前头相见无？

　　我们在政治上志同道合，在诗文上互为知音、兄弟，现在你走了，我满心忧伤和思念。

　　其实，在写这两首诗的时候，白居易的身体也一天不如一天，四年后他也因病去世。

　　从此，诗豪刘禹锡和诗魔白居易的时代结束了。

　　在生命的最后阶段，他们共同在孤独中寻找温暖，并且将这种感觉传递给广大读者。

　　如果要在他们的诗作中找出佐证，估计是下面这四句：

　　"同是天涯沦落人，相逢何必曾相识！"（白居易《琵琶行》）

　　"人世几回伤往事，山形依旧枕寒流。"（刘禹锡《西塞山怀古》）

　　这一生有你，我很温暖。

白居易和刘禹锡同框表达
对这个世界的看法

　　白居易不仅与同时代的元稹和刘禹锡成了至交，还与一个差了辈分的年轻人成了忘年交。

　　这个年轻人极其有才，《唐诗三百首》里收录的杜甫的诗36首，王维的诗29首，李白的诗29首，作品数量排第四的，就是这个年轻人。

　　这个天才叫李商隐。

17 岁的时候，李商隐迎来一生中最重要的时刻之一，因为他认识了大自己 41 岁的文豪白居易。

老白对李商隐很是欣赏，事实证明他很有眼光，因为李商隐后来成了文学史上最著名的诗人之一，尤其在情诗方面，李商隐应该能在众多写手中排进前三。

两人相识的时候，白居易已经名满天下，他的粉丝有三个特点。

一是高端。李世民的后代唐穆宗对白居易爱得不行，他同父异母的弟弟唐宣宗是个文学青年，专门写诗赞扬白居易，"童子解吟长恨曲，胡儿能唱琵琶篇"。

二是广泛。据说日本人都很爱读白居易的诗，嵯峨天皇曾抄写白居易的诗，忙完其他事，就诵读白居易的诗。

二是疯狂。据报道，荆州有个叫葛清的白居易粉丝，不仅每天朗诵白居易的诗句，还在自己脖颈之下文身，内容全是白居易的诗歌（30 多首）。

难以想象，名满江湖的白老师，竟然是孙子辈诗人李商隐的铁粉。

毕竟白居易的诗，正如他的姓"白"，直白通俗，为广大人民群众所接受；李商隐的诗却幽深朦胧得有点过分，注定只属于小群体。

从性别上看，白大师的男粉多，李才子的女粉多。

这样的两个人，谁崇拜谁，似乎都很奇怪啊！

可是差异之外，他们有惊人的默契。白居易写过一首诗：

惜牡丹花

惆怅阶前红牡丹，晚来唯有两枝残。

明朝风起应吹尽，夜惜衰红把火看。

李商隐在一首惜花诗中写道："客散酒醒深夜后，更持红烛赏残花。"

两个人在诗中营造的意境，是不是超像？

如果白居易能看到李商隐下面这首诗，即便年龄和地位有着巨大的差距，他也定会无法阻遏内心纯纯的喜爱：

锦瑟

锦瑟无端五十弦，一弦一柱思华年。

庄生晓梦迷蝴蝶，望帝春心托杜鹃。

沧海月明珠有泪，蓝田日暖玉生烟。

此情可待成追忆，只是当时已惘然。

读出来了吗？李商隐的喃喃自语，是不是非常感伤？

这个世界上最令人惊喜的是什么？当然是在其他人身上发现自己。

公元846年，白居易走到了生命的尽头，他曾情真意切地说："希望我死了以后，转世投胎做你儿子，你可要好好教我啊！"（"我死后，得为尔儿足矣。"）后来李商隐为白居易写了墓志铭。

由此看来，白居易不仅诗写得好，还是一个很幽默、有着真性情的人。

历史真的很巧合，白居易死后不久，李商隐便得一子，他满怀期待地给儿子取名"白老"。李商隐对夫人王氏说："白老师虽然说的是玩笑话，但我真的可以努力努力呢！"

可惜，"白老"文艺细胞有限，对诗歌很不感兴趣。

李商隐的好朋友、著名丑男人温庭筠曾打趣道："如果这个儿子是白居易投胎，那就太羞辱白老师了！"（"以尔为侍郎后身，不亦忝乎！"）

李商隐不死心，再接再厉，不久又添了一个儿子，取名"衮师"。

这个儿子，少有文才，过目不忘，可惜，就像仲永一般，不久就泯然众人。

李商隐的"接班人"计划，正式宣告失败。

韩愈比白居易大 4 岁。虽然两位诗人都是诗坛一等一的高手，但是他们没能成为好朋友。

留在历史上的，只有他们"惺惺相惜"的互捧。

公元 821 年，韩愈担任兵部侍郎；白居易担任中书舍人（专为皇帝起草诏书）。

韩愈官大几级，年长 4 岁，不怎么把白居易放在眼里，一旦有机会就挤对老白。没错，就是"老白"，当时白居易也是 50 岁的人了。

有一年春天，韩愈心血来潮，约白居易和张籍两位大诗人到长安曲江去踏青。

当天下小雨，张籍应约前往，还高兴得屁颠屁颠的。然而，白居易爽约了，事后也没有给出一个解释和道歉。

韩愈无奈地摇摇头，决心调侃一下白居易，当然是用他最擅长的武器——写诗。

同水部张员外籍曲江春游寄白二十二舍人

漠漠轻阴晚自开，青天白日映楼台。

曲江水满花千树，有底忙时不肯来？

诗题中提到的白二十二即白居易。感觉韩愈心里在暗骂：白居易，你二不二啊？

这么好的风景，你不来跟我们一起欣赏，你忙什么啊？！

大家都知道白居易的正义感一直很强，从来不趋炎附势，人云亦云。看到这首诗，他马上回诗一首给韩侍郎。

酬韩侍郎张博士雨后游曲江见寄

小园新种红樱树，闲绕花行便当游。

何必更随鞍马队，冲泥踏雨曲江头。

大意是：俺在后花园新种了几棵红樱树，围着它走几圈，这不也是春游吗？谁稀罕跟你们去曲江游玩，大张旗鼓还要忍受淋雨之苦……

　　看白居易跟元稹、刘禹锡和李商隐那么亲近，总觉得他对韩愈有点不在乎。

　　就像李白和王维互不买账一样，白居易与韩愈因为性格不合，他们的缘分也只能到这儿了。

　　有人说，白居易比较佛系，生活上随遇而安，就像他的字"乐天"；而韩愈是一个不达目的不罢休的人。

　　还有，韩愈是唐代古文运动的带头人，但他追求的文风是复古的，一般人难以理解，白居易追求的文风是浅显通俗，即使是老太婆也看得懂的。

　　不管如何，白居易和韩愈没有成为敌人，这就已经是命运最好的安排了。白居易后来还写了一首诗给韩愈。

> 久不见韩侍郎，戏题四韵以寄之
>
> 近来韩阁老，疏我我心知：
>
> 户大嫌甜酒，才高笑小诗。
>
> 静吟乘月夜，闲醉旷花时。
>
> 还有愁同处，春风满鬓丝。

白居易直言，韩阁老故意疏远我，这个我都知道。

你可能有点瞧不起别人写的小诗，我们的关系保持现状就挺好，不爱不恨，不即不离，有时候在生活中互捅一下，开开玩笑，也未尝不是一件乐事。

两位同时代的文坛巨人就这样擦肩而过了，最终未能走到对方的内心深处。

其实这也没什么不好的，他们各自发光，各自精彩，这就够了。

除了至交，白居易的朋友还有很多。

他高兴了，失落了，喝酒了，都会给朋友们写诗。

他给同事裴度写过一首。

梦裴相公

五年生死隔，一夕魂梦通。

梦中如往日，同直金銮宫。

仿佛金紫色，分明冰玉容。

勤勤相眷意，亦与平生同。

既寤知是梦，惘然情未终。

追想当时事，何殊昨夜中？

自我学心法，万缘成一空。

今朝为君子，流涕一沾胸。

能进入大诗人白居易梦乡的，肯定不是一般人。

白居易与裴度一向关系很好，平常不喜欢在政治上站队的白居易，在政见上罕见地支持裴度。

后来裴度遇刺受伤，白居易控制不住自己的情绪，第一时间向皇帝上疏，要求缉拿凶手，结果招来贬谪之祸。

《梦裴相公》一诗，写的就是晚年白居易记忆中的裴度。

回忆里的一切，都那么温暖，可回忆毕竟只是回忆，现在一切又归于平静和空虚。

下面这首，因为写得行云流水，全录于下：

醉后走笔酬刘五主簿长句之赠，

兼简张大、贾二十四先辈昆季

刘兄文高行孤立，十五年前名籍籍。

是时相遇在符离，我年二十君三十。

得意忘年心迹亲，寓居同县日知闻。

衡门寂寞朝寻我，古寺萧条暮访君。

朝来暮去多携手，穷巷贫居何所有？

秋灯夜写联句诗，春雪朝倾暖寒酒。

陴湖绿爱白鸥飞，滩水清怜红鲤肥。

偶语闲攀芳树立，相扶醉踏落花归。

张贾弟兄同里巷，乘闲数数来相访，

雨天连宿草堂中，月夜徐行石桥上。

我年渐长忽自惊，镜中冉冉髭须生。

心畏后时同励志，身牵前事各求名。

问我栖栖何所适？乡人荐为鹿鸣客。

二千里别谢交游，三十韵诗慰行役。

出门可怜唯一身，敝装瘦马入咸秦。

冬冬街鼓红尘暗，晚到关空无主人。

二贾二张与余弟，驱车逦迤来相继。

操词握赋为干戈，锋锐森然胜气多。

齐入文场同苦战，五人十载九登科。

二张得隽名居甲，美退争雄重告捷。

棠棣辉荣并桂枝，芝兰芳馥和荆叶。

唯有沅犀屈未伸，握中自谓骇鸡珍。

三年不鸣鸣必大，岂独骇鸡当骇人。

元和运启千年圣，同遇明时余最幸。

始辞秘阁吏王畿，遽列谏垣升禁闱。

骞步何堪鸣佩玉？衰容不称著朝衣。

阊阖晨开朝百辟，冕旒不动香烟碧。

步登龙尾上虚空，立去天颜无咫尺。

宫花似雪从乘舆，禁月如霜坐直庐。

身贱每惊随内宴，才微常愧草天书。

晚松寒竹新昌第，职居密近门多闭。

日暮银台下直回，故人到门门暂开。

回头下马一相顾，尘土满衣何处来？

敛手炎凉叙未毕，先说旧山今悔出。

岐阳旅宦少欢娱，江左羁游费时日。

赠我一篇《行路吟》，吟之句句披沙金。

岁月徒催白发貌，泥涂不屈青云心。

谁合茫茫天地意，短才获用长才弃。

我随鹓鹭入烟云，谬上丹墀为近臣；

君同鸾凤栖荆棘，犹著青袍作选人。

惆怅知贤不能荐，徒为出入蓬莱殿。

月惭谏纸二百张，岁愧俸钱三十万。

大底浮云何足道，几度相逢即身老。

且倾斗酒慰羁愁，重话符离问旧游。

北巷邻居几家去？东林旧院何人住？

武里村花落复开，流沟山色应如故。

感此酬君千字诗，醉中分手又何之？

须知通塞寻常事，莫叹浮沉先后时。

慷慨临岐重相勉，殷勤别后加餐饭。

君不见，买臣衣锦还故乡，五十身荣未为晚！

除了这种长诗，他还为朋友写过很多清新的小诗。比如
这首写给钱员外的诗。

同钱员外禁中夜直

宫漏三声知半夜，好风凉月满松筠。

此时闲坐寂无语，药树影中唯两人。

还有下面这首，诗题与上面一首几乎一样。

冬夜与钱员外同直禁中

夜深草诏罢，霜月凄凛凛。

欲卧暖残杯，灯前相对饮。

连铺青缣被，对置通中枕。

仿佛百余宵，与君同此寝。

连老钱过问他的病情，他都要写诗记录（《得钱舍人书问眼疾》）。

再来看白居易给祖籍陇西的李建写的那首诗。

别李十一后重寄

秋日正萧条，驱车出蓬荜。

回望青门道，目极心郁郁。

岂独恋乡土，非关慕簪笏。

所怜别李君，平生同道术。

俱承金马诏，联秉谏臣笔。

共上青云梯，中途一相失。

江湖我方往，朝庭君不出。

蕙带与华簪，相逢是何日？

此诗大意为：我和好朋友李建分别已经多年，不知道再次相逢是何年何月。

每次与朋友出游，白居易总要写日记，留下友情的证据。

春忆二林寺旧游，因寄朗、满、晦三上人

一别东林三度春，每春常似忆情亲。

头陀会里为通客，供奉班中作老臣。

清净久辞香火伴，尘劳难索幻泡身。

最惭僧社题桥处，十八人名空一人！

现在，大家应该知道为什么白居易的作品总量那么多，比李白加杜甫诗作数量的总和还要多吧？

生活的方方面面、点点滴滴，白居易都可以拿来入诗。

白居易和他的同事裴度
关于工作的探讨

有啊，许愿池的王八。

有没有天上掉钱的工作？

还有一个人，如果不是碍于身份特殊，应该能和白居易成为很好的朋友。

公元846年，一项影响全国的人事变动发生，唐朝第十七位皇帝李忱登基。

李忱上任后，首先想到的宰相人选，是75岁的大诗人白居易。几乎没人知道，白老师是他一生的最爱。

无聊又凶险的皇族生活中，李忱爱躲在宫中看白居易的诗文，这样心里才有稍许慰藉。

对白老师的人品和政治才能，李忱也暗中景仰。可惜，两人很少有机会来往。

人事部门向皇帝推荐了好几个宰相候选人，但他心里只有白居易，已经开始拟诏书了。

圣旨正待颁发，有人告诉他，白居易先生刚刚去世。

这位爱才的皇帝，抑制不住内心的遗憾，当即挥毫写诗一首。

吊乐天

缀玉联珠六十年，谁教冥路作诗仙。

浮云不系名居易，造化无为字乐天。

童子解吟长恨曲，胡儿能唱琵琶篇。

文章已满行人耳，一度思卿一怆然。

老白，你奋斗了 60 年，谁知道你忽然走了！唉，我造化不够，想留也留不住你。

你的诗正在大唐的每一寸土地上，尽情地发芽开花！只是我想起你，心情就特别低落！

李忱不是专门写诗的人，这首却写得情真意切、诚挚动人。

有人说，古往今来，皇帝为臣子原创悼诗，可能仅此一次，看来李忱真是动感情了。

如果白居易还活着，一定会正襟危坐，回一首诗给这个眼光独特的皇帝。

事实上，李忱不是一个简单的人物，在做皇子时，在险恶的政治环境中，他只能靠装傻苟活。

后来，他意外接班后，励精图治，身为皇帝的表现让人啧啧称赞。

李忱是大唐王朝难得的灿烂和希望，因此也博得了"小太宗"的美誉。

我总在想，如果白居易再活几年，是不是可以当上宰相，与李忱谱写一曲君臣佳话？

可惜史书上永远没有"如果"二字。

如果历史可以改写，
白居易是否可圆宰相的梦想？

脑补大剧场

聊天信息（66）

 白居易　 元稹　 刘禹锡　 李商隐　 令狐楚　 柳宗元

 崔群　 崔衍　 韩愈　 张籍　 顾况　 韦应物

 崔玄亮　 白幼文　 白行简　 白锽　 白季庚　 湘灵

 夫人杨氏　 母亲陈氏　 陈鸿　 王质夫　 凝公大师　 裴垍

查看更多群成员 >

群聊名称	酒是蒸馏水，醉人先醉腿 >
群二维码	>
群公告	>
备注	>
查找聊天内容	>
消息免打扰	

白居易壮观的朋友圈

脑补大剧场

酒是蒸馏水，醉人先醉腿（66）

白居易

真不敢想象，没有你们俩，人生该怎么过？@元稹 @刘禹锡

 元稹

如果要选最好的朋友，我们两个你选谁？@白居易

白居易

这不是给我出难题吗？

 刘禹锡

我主动退出，哈哈……

 元稹

你明显不高兴了！@刘禹锡

白居易

大家都是有身份的人，也是心灵相通的人。

白居易

把你捧在手心

一句话知识点

白居易在中青年时代最好的朋友是元稹，老年酒伴
是刘禹锡，时间上并不冲突。

裴度

我和元稹，你站哪一边？ @白居易

白居易

你也来凑热闹？

白居易

大家只是政见不同，何必这么僵持？！

裴度

你这姓元的朋友，人品有瑕疵。

元稹

裴大人真有意思，能怪别人的绝不会
怪自己！

元稹

过两招？

白居易

我做东，大家喝场酒！

白居易

有什么是一顿酒解决不了的呢?！

 裴度

我不去了，Thank you（谢谢）！

一句话知识点

元稹和裴度有点矛盾，但他们都是白居易的好朋友。

 李商隐

@ 白居易 您是我认识的最大的咖（人物）！

 李商隐

很多粉丝都在公共场所转抄您的诗，真是无处不有……

 李绅

歌厅只要有人会唱白学士的《长恨歌》，肯定顾客盈门！

白居易

@李绅 兄台过奖了，你的《悯农》也很好，"锄禾日当午，汗滴禾下土"……

元稹

老白，想想真的太好笑了，你的年龄可以当 @ 李商隐 的爷爷了，还想来世做他儿子！

白居易

@ 元稹 这叫敢爱敢恨！

白居易

好爱读你的情诗！ @ 李商隐

白居易

告诉你一件好事情 我看上你了

白居易

世事有轮回，很多礼物，老天会换个圈子送给你！

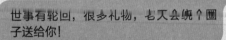

一句话知识点

白居易与李商隐都是大诗人，但是年岁差得太多，他们的跨代友谊引起了后人的热烈讨论。

白居易

@ 韩愈 大家都说我跟你有矛盾！

 韩愈

嘴长在别人身上，让他们说呗……

白居易

我怕铁粉网暴你！！

 韩愈

律师函警告

 韩愈

倒是听说你有一个叫葛清的粉丝，脖子以下都文上了你的诗……

白居易邀请荆州人 葛清 加入群聊

 葛清

@所有人

 葛清

需要我发文身照吗？

043

 韩愈

算了算了！

白居易

扑哧……

一句话知识点

　　荆州诗迷葛清对白居易非常崇拜，以至于浑身文诗，这也是白诗受基层群众欢迎的一个缩影。

 贾岛

抗议！我们韩大师的粉丝也不少啊！

白居易

连出家人都来凑热闹了。

白居易

这是要粉丝大战吗？

白居易

我懂了，要抬高一个人，最好的方法是贬低另一个人！ @贾岛

白居易

作为唐诗数量冠军，我还怕你们？！

 韩愈

@白居易 朋友，我能给你提个建议吗？

 韩愈

别人问一句，你回答十句的毛病一定要改！

白居易

这位朋友

 张籍

你们俩，还有李绅、元稹，其实都没什么矛盾，就是一起喝酒太少了！

一句话知识点

　　白居易、韩愈、元稹、李绅、裴度和刘禹锡，这六个人的关系可以写一部长篇小说，比如，韩愈有段时间与白居易不对付，白居易最好的朋友是元稹，而元稹妻子去世的时候，是由韩愈写的墓志铭；裴度是白居易的好朋友，但他多次弹劾元稹；韩愈与李绅关系不好；韩愈和刘禹锡政见不合。

蒙蒙：白居易的朋友怎么那么多？

爸爸：因为他真诚！

蒙蒙：哦？

爸爸：唯有真诚，才能交对朋友，写出好诗。

元稹　刘禹锡　李商隐　湘灵

2

"宦海无涯，中等最佳"

——白居易的仕途诗

唐宣宗　韩愈　裴度　柳宗元

　　在老白的观念中，隐士分为大、中、小三等。

　　"大隐"享受国家体禄却不干实事，确实说不过去；"小隐"能保持自我，但是连基本生活费都没有着落；只有"中隐"才能在夹缝中求得生存。

群聊名称	写最霸气的诗，做最勇敢的事 >
群二维码	>
群公告	>
备注	>
查找聊天内容	>
消息免打扰	

白居易祖上数代"世敦儒业，皆以明经出身"，因而小白从小接受的就是儒学教育。

白居易出身于普通的仕宦家庭。祖父白锽先后做过两县的县令，有能力又清廉，风评很好，父亲白季庚曾任徐州别驾、衢州别驾等职。

白季庚 44 岁才有了这个儿子，对他十分宠爱，花重金加以培养。

小白从小立志参加科举，誓要高中闯出点名堂。他在语言文字方面天赋异禀。

据白居易在《与元九书》中所言，他刚出生六七个月时，就能正确分辨"无""之"两字（仆始生六七月时，乳母抱弄于书屏下，有指"无"字"之"字示仆者，仆虽口未能言，心已默识；后有问此二字者，虽百十其试，而指之不差）。

后来，白居易成了三乡八里公认的神童，写的诗句清新自然，直抵人心。

白居易的才华，一部分源自天赋，另一部分出自刻苦。

白居易曾给最好的朋友元稹写过一封信（正是上文提及

的《与元九书》），提及自己的读书之苦。全文接近 4000 字，
是典型的白氏风格。

《与元九书》（节选）

及五六岁便学为诗，九岁谙识声韵。

十五六始知有进士，苦节读书。

二十已来，昼课赋，夜课书，间又课诗，不遑寝息矣。

以至于口舌成疮，手肘成胝，

既壮而肤革不丰盈，未老而齿发早衰白，

瞀瞀然如飞蝇垂珠在眸子中也，动以万数。

截取的信的片段大意为，才五六岁时，白居易就会写诗，
勤学苦读的目标很明确，那就是科举高中。

小白读书十分刻苦，都没有什么休息的时间，以至于口
舌生疮，胳膊肘都磨起了厚茧。人还没老，头发就已花白，
眼睛特别不好，看东西容易重影，眼前好似有数以万计的蝇
在飞……

白居易后来取得的卓越成就，建立在这种不舍昼夜的苦
读之上。

有才华的人个性都很要强，成年后的白居易拒绝与奸佞

之人同流合污，导致他多次被贬，甚至好几次提出辞官归隐。

中唐的官员，要想过得好，在宦官和地方节度使之间，必须选其中之一倾力维系，然而耿直的白居易把两边的人都得罪了。

从下面这首诗里，可以一窥白居易的为官信条，那便是刚正不阿，不畏强权。

> **李都尉古剑**
>
> 古剑寒黯黯，铸来几千秋。
>
> 白光纳日月，紫气排斗牛。
>
> 有客借一观，爱之不敢求。
>
> 湛然玉匣中，秋水澄不流。
>
> 至宝有本性，精刚无与俦。
>
> 可使寸寸折，不能绕指柔。
>
> 愿快直士心，将断佞臣头。
>
> 不愿报小怨，夜半刺私雠。
>
> 劝君慎所用，无作神兵羞。

此诗写于元和三年（公元 808 年）前后，是一首借物咏怀、赋诗明志的名作。

那柄名剑，静静地躺在剑匣里，堪称举世无双的宝物，光芒耀眼。做人就应像它一样，宁为玉碎，不为瓦全，无论遇到什么困难，都绝不退缩。

写此诗时，年轻的白居易正任左拾遗，他以诗明志，申明自己要做一个刚正不阿的人，与各种歪风邪气斗争。正因为胸怀这样的信条，他的仕途注定会很艰辛坎坷。

不过总体来看，与李白、杜甫等其他诗人相比，白居易行走仕途 40 年左右，不仅称得上漫长，还算得上顺利。

白居易一生历经九任皇帝。他勇于进言，为百姓做实事，同时还能清廉自守，堪称读书人中"兼济天下"和"独善其身"的完美代表。

那么，在面对人生巨大的矛盾时，白居易如何排解内心的苦恼和烦闷呢？当然是通过写诗了。

无论是仕途中发生的点滴，还是工资和官服上出现的细微变化，白居易基本上有闻必录，毫不隐瞒。

于是，有人甚至评价，白居易是唐朝官员中"财产透明"的先驱。

再来看看白居易 16 岁时写下的成名作。

> **赋得古原草送别)**
>
> 离离原上草，一岁一枯荣。
>
> 野火烧不尽，春风吹又生。
>
> 远芳侵古道，晴翠接荒城。
>
> 又送王孙去，萋萋满别情。

白居易写起春天来很有感觉。

此诗是白居易 16 岁时应考的作品，去长安拜谒名士顾况时投献的诗文中即有此诗。

白居易在此诗中说尽了世间万物的变迁，心中生出万千感慨：虽然寒冬冰封了整个世界，但是沉睡的世界中孕育着巨大的能量，就等着春风将它们唤醒。

大自然周而复始，生生不息，结束往往意味着另一种开始，真要为其伟大的生命力叫好！

这首《赋得古原草送别》堪称白居易少年时代绝佳的出场之作。

世道不好，家人希望小白过得顺利，因而给他取了"居易"

这个名字。

当时顾况见他名为"居易"，不禁大笑说："长安的粮食和房子都很贵，要留下很不容易！"

可待读到此诗时，顾况不禁对小白刮目相看："能写出此等诗句，留下来也很容易了。"

然而，自两人见面之后发生的故事，鲜有人知道。

白居易那时其实生活得很艰难，在《与元九书》中，白居易自陈"家贫多故，二十七方从乡赋"。也就是说，《赋得古原草送别》这首成名作给白居易带来的，只是虚名而已。

这种怀才不遇的落寞之情，白居易在下面这两首诗里也是有所体现的。

王昭君二首

满面胡沙满鬓风，眉销残黛脸销红。
愁苦辛勤憔悴尽，如今却似画图中。

汉使却回凭寄语，黄金何日赎蛾眉？
君王若问妾颜色，莫道不如宫里时。

作者自注这两首诗写于《赋得古原草送别》的后一年。

站在时光隧道里的白居易，书写的是王昭君的命运，其实倾诉的何尝不是自己的不幸境遇。

王昭君很漂亮、优秀，未来本应充满无限可能，但怎知命运弄人，被汉元帝赐予匈奴，便随和亲队伍北上。政治世界很是残酷，小民沦为牺牲品，那是常事。

无论王昭君的美貌有多动人，还是小白自己有多才华横溢，世事不遂人愿时，都好似人生的枷锁。

据说《王昭君二首》一出，就在长安城掀起了一股读诗的热潮，连歌女们都纷纷请人谱曲，广泛传唱之。

然而，仅凭几首诗引发的追捧热潮，并不足以使白居易过上富贵舒适的生活。

白居易
既然无所事事也难逃一死，为何不奋斗终生直至逆天改命？

♡ 元稹等 177 人

元稹：真是我哥的调性！

白行简：说得太好了！

裴度：奋斗一时不难，难的是一生奋斗……

白居易 回复 裴度：加油！

白居易 23 岁时，父亲于襄阳任所突然去世，他便回到符离（782 年，为躲避徐州战乱，白季庚把家人送往符离安居），为父守丧。这段时间白居易过得十分艰苦，家庭条件本就不好，作为家庭顶梁柱的父亲还去世了，整个家庭陷入困境。

贞元十四年（公元 798 年），其兄白幼文出任饶州浮梁县主簿，居于困境的白居易自符离至浮梁投奔其兄，并举家迁往洛阳。

伤远行赋

贞元十五年春，吾兄更于浮梁；

分微禄以归养，命予负米而还乡。

出郊野兮愁予，夫何道路之茫茫！

茫茫兮二千五百，自鄱阳而归洛阳。

> 朝济乎大江，暮登乎高岗……
>
> 水有含沙之毒虫，山有当路之虎狼。
>
> 况乎云雷作而风雨晦，忽霾霭兮不见旸。
>
> 涉泥泞兮仆夫重腿，陟崔嵬兮征马玄黄。
>
> 步一步兮不可进，独中路兮彷徨……

青年时期的白居易真的太不容易了，一路上大风大雨、雷声隆隆，还有虎狼毒虫出没，凶险异常……可是为了养家糊口，白居易只有硬着头皮上路。

经济上贫困，精神上迷茫，彼时白居易感觉人生真是给他出了一道难题，内心满是不安。

那么，人生困境的出路到底在哪里呢？

作为一介书生，白居易要想实现自己的理想，必须通过科举考试。

好在，幸运眷顾了这位年轻人。宣州刺史崔衍慧眼识珠，通过白居易的诗赋，发现了白居易，觉得他很有潜力，向各

方大力举荐。

唐朝科举，不仅考查学生实力，也考验地方政府发现人才的能力。崔衍推荐白居易去长安参加进士考试。

白居易小课堂

唐朝科举

唐朝科举沿袭隋制，打破了世族门阀的垄断，各阶层学子都有机会脱颖而出，这极大地改善了古代中国的政治生态。到武则天执政的时候，又开武举，为国家选拔军事人才，同时拓宽了各阶层的上升渠道。

唐代科举分为"常科"和"特科"，常科又分"进士"和"明经"两种，其中明经以经义、策问取士，是资质平庸考生的战场。白居易的好朋友元稹考的是明经，据说后来他去拜访大诗人李贺时，还被李贺嘲笑：你一个考明经的，有什么资格来认识我？

在这里要说一句，崔刺史是一个廉洁勤俭、为民做主的好官，对白居易的从政之路影响深远。

27 岁的白居易踏上了征途，目标直指长安。

谁都知道，大唐每年录取的读书人实在是太少了。白居易决定参加的，还是最难的进士考试。经常是有数千人参加考试，只有一二十人被录取。

能不能通过进士考试，除了拼实力，还要看运气。

大家都知道，白居易为了读书，不舍昼夜，直至口舌生疮，满头白发。真是"只要学不死，就往死里学"。

好在付出终有回报。发榜之日，忐忑不安的白居易在榜上看到了自己的名字。

像前辈们一样，小白登上了慈恩寺的大雁塔，满怀希望。此刻，心情大好，小白当然免不了要题诗庆贺。

慈恩塔下题名处，

十七人中最少年。

估计是大雁塔上比较拥挤，所以小白只写了这两句。

不过，他的气势一点没输，生怕地球人不知道似的，高调宣布："看到没，这届考试，在 17 个被录取的人里，我最年轻。"

古代读书人科举高中后，有一个必须走的程序，那就是"衣锦还乡"。白居易也不例外，及第后回到了洛阳。

走这个程序，一方面是考生应得这份荣光，另一方面也彰显国家对人才的重视。

此情此景下，白居易留诗一首。

及第后归觐，留别诸同年

十年常苦学，一上谬成名。

擢第未为贵，贺亲方始荣。

时辈六七人，送我出帝城。

轩车动行色，丝管举离声。

得意减别恨，半酣轻远程。

翩翩马蹄疾，春日归乡情。

白居易好似借诗在说："学了那么多年，现在终于考上了！谢谢各位亲朋好友的支持和关爱。"

虽然白居易是跟大家离别，但因为是酒后喜别，路也显得没那么远了。马儿跑得真快，似乎也和他一样，有着归心似箭的心情（"翩翩马蹄疾，春日归乡情"）。

考上进士这件事，让白居易从此信心大增，然而万里长征至此才走了一半，因为这个时候还不算正式入仕，必须再接再厉通过吏部的选官考试。

选官考试，前后历时半年，主要考四大内容：写作能力、判词能力、身材相貌，以及口头表达。分笔试和面试，如果没有真才实学，根本没法通过。

优秀的白居易做到了。

顺利通关后的白居易，担任的第一个职务是校书郎，主要职责是做典籍的编辑校对工作，就跟现在很多新闻单位里刚参加工作的年轻人一样。

耿直的白居易自此正式开启了他的官场生涯，其实那时白居易已有 32 岁。

校书郎这个岗位收入微薄，这让白居易急火攻心，觉得自己还是没本事养家，毕竟母亲治病需要银两，家庭用度也需要由他支撑……

晚上焦虑到失眠是经常的事，学霸的人生也很艰难哪。

不管是为了拼事业还是养家人，白居易的人生，从此翻开新的一页。

学霸工作也心累

工作累不累?

工作不累，工作时遇到的人让我感觉很累。

初入仕途，白居易满腔热情，但是他把官场想象得太过简单了。

作为一个有良知的知识分子，他甚至公开表明自己不与坏官僚同流合污。

京兆府新栽莲

污沟贮浊水，水上叶田田。

我来一长叹，知是东溪莲。

下有青泥污，馨香无复全。

上有红尘扑，颜色不得鲜。

物性犹如此，人事亦宜然。

托根非其所，不如遭弃捐。

昔在溪中日，花叶媚清涟。

今来不得地，憔悴府门前。

白居易在赴京兆府办事的路上，看到浊水中莲花盛开的场景，便以莲花自比。

浊水中的花朵虽然在恶劣环境中失去诱人的香味和漂亮的颜色，但它的内心从来坚定如初。

回想做校书郎时的自己，真是纯真得很呢。

在官场历练数年后，白居易将其比作污水坑，可见他的内心是多么无奈，又充斥着多少难言的愤懑。

元和二年（公元807年），在离京一年多的县尉生涯后，白居易被召回长安，担任翰林学士。在担任县尉期间，白居易还受两个朋友鼓励，写出了流传千古的《长恨歌》。回长安后第二年，白居易官拜左拾遗。白居易所不知的是，在这场调动中，起到决定作用的人是大学士武元衡，也就是几年后被刺杀身亡的那位宰相。

左拾遗是谏官，正当盛年的白居易对自己这个岗位甚是满意，觉得自己可以充分发挥"美刺"的作用，为君主进言。

白居易认为自己报效国家的机会来了，满怀激情地写下一首名诗。

初授拾遗

奉诏登左掖，束带参朝议。

何言初命卑？且脱风尘吏。

杜甫陈子昂，才名括天地。

当时非不遇，尚无过斯位。

况余惷薄者，宠至不自意。

惊近白日光，惭非青云器。

天子方从谏，朝廷无忌讳。

岂不思匪躬？适遇时开泰。

受命已旬月，饱食随班次。

谏纸忽盈箱，对之终自愧。

唐代设左右拾遗各六人，分属门下、中书两个中央部门，品阶都是从八品上，主要任务是讽谏皇帝的施政得失。

在此诗中，白居易写了自己担任拾遗的感受。

"感谢皇上让我担任左拾遗，至少让我摆脱了讨厌的县尉职务。

"天子广开言路听从劝谏，大臣在朝廷上畅所欲言，没有顾忌。正是向皇帝尽忠的好机会。

"看到了吗？我写的提案已经装满一个箱子了！"

后来，他还把矛头直指皇帝，在奏章中毫不避讳，"陛下误矣"，如此直白嚣张，差点被当场开除。

白居易小资料

白居易任拾遗期间的成绩单

履职谏官左拾遗两年多，白居易的种种奏章令敌对势力难以容忍。

元和三年（公元 808 年），淮南节度使王锷入朝，贿赂宦官，谋求当上宰相，白居易上《论王锷欲除官事宜状》，力谏不可；元和四年（公元 809 年），白居易屡上条陈，请降系囚，放宫人，绝进奉，禁掠卖良人，上疏请免除江淮地区两赋；之后，白居易又论裴均违制进奉银器，于頔不应暗进爱妾，宦官吐突承璀不当为制军统领。军事上，白居易反对当朝向河北藩镇用兵，与皇帝争论得面红耳赤。

沉浸在自己理想世界中的白居易，无法容忍理想与现实的差距越来越大。

从事谏官的工作注定要得罪人，这也让白居易得以洞悉官场中存在的种种丑态。

白居易写过一首诗，表达了自己对官场生活的厌恶。

> 县西郊秋寄赠马造
>
> 紫阁峰西清渭东，野烟深处夕阳中。
>
> 风荷老叶萧条绿，水蓼残花寂寞红。
>
> 我厌官游君失意，可怜秋思两心同。

看得出，白居易对官宦生活已心生厌倦，他一直在官场寻找同道中人，但是这同道中人很难遇上。

不知不觉到了换职业的时候，唐宪宗还是挺关心下属的，考虑到白居易家比较穷，且做左拾遗的工资低，任由白居易自己择官。

白居易也丝毫没跟皇帝客气，直接说自己家有病母，工资又低，是不是可以派他去做"京兆府户曹参军"呢？这样一来，工资高一些，也方便赡养家人。

公元810年，白居易便改任京兆府户曹参军。

有人要问了，宪宗为什么对他那么好？

这是因为彼时宪宗皇帝刚上台没几年，需要一些有才华又忠诚的新人辅佐，恰好这个时候白居易非常活跃，又展现出了不错的才能，他便提拔白居易，以示皇恩。

白居易
任拾遗一周年纪念照。

♡ 裴度，元稹，唐宪宗，武元衡，刘禹锡，令狐楚，柳宗元，崔群，张籍，陈鸿，王质夫，凝公大师，牛僧孺

> 王质夫：保重！
>
> 韩愈：保重！
>
> 白居易：谢谢 @ 王质夫 @ 韩愈
>
> 白居易：这到底是评论区，还是无人区？点赞的人这么少？！
>
> 元稹：白兄，你还没意识到这工作得罪人吗？！
>
> 白居易 回复 元稹：这不是我该做的事情吗？
>
> 元稹 回复 白居易：谁都不是完美的，都怕被你批评！
>
> 白居易：

　　因为有皇帝撑腰，那几年白居易过得还是挺顺利的。皇帝经常点名让他参加宴会，不时赏赐他一些小礼物。

　　感激涕零之余，有着傲骄属性的白居易，将诸多细节一一写在诗中。然而，武元衡事件彻底改写了白居易的仕途。

　　那是元和十年（公元815年）六月，宰相武元衡被无法无天的淄青节度使（唐朝在今山东地区设置的节度使）李师道派人刺杀身亡，御史中丞裴度也因此受重伤。

　　面对此事，很多官员不敢发一言，生怕不慎引火烧身。

　　这时，44岁任太子左赞善大夫的白居易勇敢地站了出来，赶在谏官的前面上奏，请求朝廷火速缉凶。

　　白居易的这件事，总让人联想起杜甫在房琯事件中的表现，不由得让人感叹：读书人在政治斗争中的表现真是太过幼稚了。

　　白居易的行为被认为是越职言事。然而，他的对手们没有就此罢手，还不依不饶，翻了老白几年前的旧账，声讨老白不孝，并就此大做文章。

白居易伤心回忆

白母坠井

白居易的母亲受好友邀请，到对方花园中赏花，不小心误踩一口废井，加上她年过花甲，身有心疾，连摔带吓，不幸去世。白居易随即辞官回乡，为母守孝，后来有人攻击白居易，说他守丧期间写过《赏花》和《新井》的诗，是大不孝。甚至有人说他才是谋害母亲的真凶。

朝廷将白居易贬为一州的刺史，但中书舍人王涯上疏称不该让白居易治理一个郡，皇帝因此下诏授白居易江州司马。短时间内，白居易算是被"一贬再贬"。这成了白居易仕途的转折点。

从长安到江州，路途遥远，很是辛苦。被贬之路，说来也是一个极大的考验，有很多被贬官员在赴任的路上就因路途凶险、疾病或仇杀去世了。

白居易在被贬途中作了一首诗。

初贬官过望秦岭

草草辞家忧后事，

迟迟去国问前途。

望秦岭上回头立，

无限秋风吹白须。

诗中提到的望秦岭，应该是今天的秦岭山。

唐制规定，官员被贬后要马上启程，不得耽误。白居易也是在匆忙之下赶赴江州的，很多事情没来得及处理。

老白在路上，对家人满怀思念，对京城也满是留恋。

"无限秋风吹白须"一句好似在说："路上的秋风萧瑟，似乎永无止境，一直吹拂我的白须。"

幸好，江州主事的官员堪能是白居易的诗迷，远远地就带一群人来迎接，这让白居易甚是暖心，当即作诗一首。

初到江州

浔阳欲到思无穷，庾亮楼南湓口东。

树木凋疏山雨后，人家低湿水烟中。

菰蒋喂马行无力，芦荻编房卧有风。

遥见朱轮来出郭，相迎劳动使君公。

这种被贬后设想的落差未曾发生，事情的走向也令白居易很是意外，因为受到主事官员的照顾，他从此过上了特别闲适的日子。

不过，每当夜深人静的时候，老白还是会回想起长安的那些人和事，不住地思索。

想多了，他也会感觉不平，如下面这首诗所言：

> ### 谪居
>
> 面瘦头斑四十四，远谪江州为郡吏。
>
> 逢时弃置从不才，未老衰羸为何事。
>
> 火烧寒涧松为烬，霜降春林花委地。
>
> 遭时荣悴一时间，岂是昭昭上天意。

44岁的白居易已然面容消瘦，头发斑白，内心受到无限打击。

白居易一心为国，却遭受了小人的陷害，宪宗皇帝居然听信谗言，他什么时候能回心转意？

在此之前，他能怎么办呢？只能像野外的松树一样，逆来顺受，即使被烧为灰烬也毫无怨言。

有时候，白居易也借写王昭君，抒发自己内心的不平。

昭君怨

明妃风貌最娉婷，合在椒房应四星。

只得当年备宫掖，何曾专夜奉帏屏？

见疏从道迷图画，知屈那教配虏庭？

自是君恩薄如纸，不须一向恨丹青。

很多唐代大诗人创作时爱以王昭君的故事为题材，包括李白、杜甫和卢照邻等。

昭君那么美，可是一直不被皇帝宠幸，真为她感到委屈。

其实想一想，怀才不遇的白居易，跟昭君的命运还真的有些像呢！都是因为皇帝那家伙不懂得珍惜。

《琵琶行》里，白居易将人生跌入谷底的那种落寞描写得淋漓尽致。

尤其是下面几句。

"浔阳江头夜送客，枫叶荻花秋瑟瑟。"

"同是天涯沦落人，相逢何必曾相识。"

"座中泣下谁最多？江州司马青衫湿。"

诗里，白居易写的是琵琶女，更是自己。

仕途太苦，唯有一哭。

满心"兼济天下"的白居易，从此开始缓缓改为守卫"独善其身"的最后城池。

被贬之后的那些年，老白的作品里，充斥着他对官场的失望。

常乐里闲居偶题十六韵兼寄刘十五公

帝都名利场，鸡鸣无宿居。独有懒慢者，日高头未梳。

工拙性不同，进退迹遂殊。幸逢太平代，天子好文儒。

小才难大用，典校在秘书。三旬两入省，因得养顽疏。

茅屋四五间，一马二仆夫。俸钱万六千，月给亦有余。

既无衣食牵，亦少人事拘。遂使少年心，日日常晏如。

勿言无知己，躁静各有徒。兰台七八人，出处与之俱。

旬时阻谈笑，旦夕望轩车。谁能鳃校闲，解带卧吾庐。

窗前有竹玩，门外有酒酤。何以待君子，数竿对一壶。

官场就是一个名利场，有几人真正为黎民百姓着想？

还好老白及时找到了缝隙，暂且可以苟活下去。

松斋自题

非老亦非少，年过三纪余。非贱亦非贵，朝登一命初。

才小分易足，心宽体长舒。充肠皆美食，容膝即安居。

况此松斋下，一琴数帙书。书不求甚解，琴聊以自娱。

夜直入君门，晚归卧吾庐。形骸委顺动，方寸付空虚。

持此将过日，自然多晏如。昏昏复默默，非智亦非愚。

如白居易在《松斋自题》所写，如果可以重新选择，每天自娱自乐，肯定比在官场违心地生活要好得多了！

对虚伪的官场，白居易深刻地控诉。

天可度

天可度，地可量；唯有人心不可防。

但见丹诚赤如血，谁知伪言巧似簧。

劝君掩鼻君莫掩，使君夫妇为参商。

劝君掇蜂君莫掇，使君父子成豺狼。

海底鱼兮天上鸟，高可射兮深可钓；

唯有人心相对时，咫尺之间不能料。

君不见：李义府之辈笑欣欣，笑中有刀潜杀人？

阴阳神变皆可测，不测人间笑是瞋。

白居易提醒自己，人心险恶，自己一定要保持清醒，任何时候都要守住底线和清白。

不管为官、为文，白居易都做到了"为君、为臣、为民、为物、为事"。

正是秉持着这种信念，他奏请免去江淮灾区的赋税，尽量多地释放宫人，以此来减少朝廷支出……

当然，有时候白居易也想过一走了之，彻底辞官还乡。

> 钱侍郎使君以题庐山草堂诗见寄因酬之
>
> 殷勤江郡守，怅望掖垣郎。
>
> 惭见新琼什，思归旧草堂。
>
> 事随心未得，名与道相妨。
>
> 若不休官去，人间到老忙。

此诗中，白居易犹如愤恨地在说："如果我不辞职，会一直瞎忙到老。"

下面这首诗中，老白想说的更加直白了。

> 自问
>
> 黑花满眼丝满头，早衰因病病因愁。
>
> 宦途气味已谙尽，五十不休何日休。

我已经衰老成这个样子了，对官场的套路也太熟悉了，50 岁的时候不退休，什么时候退休？！

还有下面这首，更是老白的慷慨陈词。

自题写真

我貌不自识，李放写我真。

静观神与骨，合是山中人。

蒲柳质易朽，麋鹿心难驯。

何事赤墀上，五年为侍臣？

况多刚猲性，难与世同尘。

不唯非贵相，但恐生祸因。

宜当早罢去，收取云泉身。

元和十五年（公元820年），白居易奉调回京，任尚书司门员外郎，后改授主客郎中、知制诰，这些都是聊胜于无的小官。

一年后，发生了"使酒骂座"事件。在此事件中，李景俭因不满朝廷拖延出兵讨伐藩镇叛乱，酒后闯入中书省，直呼宰相之名，面数其过失。事后李景俭被贬出京。

白居易上疏营救，没有结果。又一年后他的好友元稹也因主张讨伐藩镇得罪权臣，被贬为同州刺史。

这两件事的发生，使白居易深感朝政混乱，之后一直自请外放。

最终，老白如愿以偿，被任命为杭州刺史，后转任苏州刺史。在地方上任职的白居易为这两地的百姓做了不少好事。

尤其是他的治水之举，彰显了其为官的初心。

自蜀江至洞庭湖口有感而作

江从西南来，浩浩无旦夕。

长波逐若泻，连山凿如劈。

千年不壅溃，万姓无垫溺。

不尔民为鱼，大哉禹之绩。

导岷既艰远，距海无咫尺。

胡为不讫功，余水斯委积？

洞庭与青草，大小两相敌。

混茫方丈深，淼茫十里白。

每岁秋夏时，浩大吞七泽。

水族窟穴多，农人土地窄。

我今尚嗟叹，禹岂不爱惜？

邈未究其由，想古观遗迹。

疑此苗人顽，恃险不终役。

帝亦无奈何，留患与今昔。

水流天地内，如身有血脉。

滞则为疽疣，治之在针石。

安得禹复生，为唐水官伯？

手提倚天剑，重来亲指画。

疏流似剪纸，决壅同裂帛。

渗作膏腴田，踏平鱼鳖宅。

龙宫变闾里，水府生禾麦。

坐添百万户，书我司徒籍。

本诗写于自长安到杭州赴任路上。

全诗开头书写长江的气势和大禹的功绩，后面写到洞庭水患时，希望大禹复生。

白居易对治理水患一直情有独钟，也很有想法。他甚至说自己最心仪的职位是"水官伯"。

后来，白居易在几个地方任职，他的治水方针都有所施展，也算对得起那里的老百姓。

能让老百姓满意，白居易其实已经心满意足了。

在实现济世的理想上，老白已经尽力了。

会昌二年（公元 842 年），白居易以刑部尚书致仕，彻底结束了自己的仕宦生涯。

韩愈对白居易的真心劝慰

　　白居易不求通过做官来实现大富大贵。准确地说，在官场上，他一直是以高傲的姿态出现的。

　　其实，白居易的内心很矛盾。一方面，他对自己的要求很严格，只拿干净的钱，且乐于公布自己的收入，在古代诗人中堪称空前绝后；另一方面，他对自己有收入而贫苦民众饥寒交迫而感到羞愧。

南宋作家洪迈在自己的作品中提及，"白乐天仕宦，从壮至老，凡俸禄多寡之数，悉载于诗。虽波及他人亦然"。意思是，白居易喜欢在诗中历数自己的工资，也不怕因此波及同事。

因为记录得实在频繁且详细，很多人都拿白居易的诗当史书看，如下面这首。

> 《初除户曹喜而言志》（节选）
>
> 俸钱四五万，月可奉晨昏。
>
> 廪禄二百石，岁可盈仓囷。
>
> 喧喧车马来，贺客满我门。
>
> 不以我为贪，知我家内贫。

元和四年（公元 809 年），白居易在左拾遗任上曾作诗一首，此处节录。

> 《醉后走笔酬刘五主簿长句之赠，兼简张大、
>
> 贾二十四先辈昆季》（节选）
>
> 月惭谏纸二百张，岁愧俸钱三十万。
>
> 大底浮云何足道，几度相逢即身老。

元和十年（815 年），44 岁的白居易被贬为江州司马。

面对友人的关切，他写诗回复。

答故人

故人对酒叹，叹我在天涯。

见我昔荣遇，念我今蹉跎。

问我为司马，官意复如何？

答云且勿叹，听我为君歌。

我本蓬荜人，鄙贱剧泥沙。

读书未百卷，信口嘲风花。

自从筮仕来，六命三登科。

顾惭虚劣姿，所得亦已多。

散员足庇身，薄俸可资家。

省分辄自愧，岂为不遇耶？

烦君对杯酒，为我一咨嗟！

白居易还写信给好友元稹说："今虽谪佐远郡，而官品至第五，月俸四五万，寒有衣，饥有食。"（《与元九书》）

任江州司马时，白居易作《江州司马厅记》说："岁廪数百石，月俸六七万。"

白居易后任杭州刺史，离任时作诗为记。

> **三年为刺史二首·其二**
>
> 三年为刺史，饮冰复食檗；
>
> 唯向天竺山，取得两片石。
>
> 此抵有千金，无乃伤清白！

总结来看，官越得做越大，白居易拿到的工资也越高。

太和三年（公元829年），白居易任太子宾客，正三品，亦有诗为证："俸钱七八万，给受无虚月。"（《再授宾客分司》）

真的是有闻有感，必录之。

中年之后，虽然官越做越大，但白居易再也没有了当初的激情，无法像年轻时的自己那样拼命加班。

这都是因为他看透了宦海的黑暗与虚伪。

官员们除了欺上瞒下、谋取私利，对百姓的安危和幸福是不会放在心上的。

白居易在《太行路》里曾写过下面几句。

君不见左纳言，右纳史，朝承恩，暮赐死。
行路难，不在水，不在山；只在人情反覆间。

老白的意思是，整个官场充满了无常。

为什么呢？因为官场是由人组成的江湖，而人的选择，总是在变化之中。

> 萧相公宅遇自远禅师有感而赠
> 宦途堪笑不胜悲，昨日荣华今日衰。
> 转似秋蓬无定处，长于春梦几多时。
> 半头白发惭萧相，满面红尘问远师。
> 应是世间缘未尽，欲抛官去尚迟疑。

在举世皆浊的世道中，白居易早年因忧国忧民之心燃起的热情慢慢消退。

彻底退隐是不现实的，会完全活不下去，那怎么办呢？

为了恰当地处理好官场生活和精神生活的关系，白居易"发明"了一种生活方式，那就是"中隐"。

中隐

大隐住朝市，小隐入丘樊。

丘樊太冷落，朝市太嚣喧。

不如作中隐，隐在留司官。

似出复似处，非忙亦非闲。

不劳心与力，又免饥与寒。

终岁无公事，随月有俸钱。

君若好登临，城南有秋山。

君若爱游荡，城东有春园。

君若欲一醉，时出赴宾筵。

洛中多君子，可以恣欢言。

君若欲高卧，但自深掩关。

亦无车马客，造次到门前。

人生处一世，其道难两全。

贱即苦冻馁，贵则多忧患。

唯此中隐士，致身吉且安。

穷通与丰约，正在四者间。

这首诗完整地给出了"中隐"的定义。官场失意之后，白居易将自己比喻为"中人"。

在老白的观念中，隐士分为大、中、小三等。

"大隐"享受国家俸禄却不干实事，确实说不过去；"小隐"能保持自我，但是连基本生活费都没有着落；只有"中隐"才能在夹缝中求得生存。

这是白居易看遍人间，听从朋友的建议，并从儒释道各方面考虑而做出的选择。

高处不胜寒，那便不做压力太大的京官，只做地方官，级别和工资过得去就行，况且也有社会地位和个人尊严，生活清闲，还可以调慢生活节奏，是不是两全其美？

白居易在小隐与大隐间找到一条中间道路，巧妙地平衡了贵与贱、喧嚣与冷落的矛盾。

隔几天，他就与诗自嘲，现在做官，还不是为了生活和养家糊口，没有办法。

好在，这些年通过仕途，他有了些闲钱，也不再租房了。长庆元年（公元 821 年），也就是 50 岁的时候，他在长安城新昌里买了套房子。

八年后，他成了太子宾客，影响力比实权大得多，决定在洛阳安度晚年。

年纪大了，对他来说最重要的一件事，是编订自己的诗篇留给后世。令人惊讶的是，他做了五份手稿，分别委托苏州、庐山、洛阳的寺庙，以及侄子、外孙保管。

结束了这些安排，他才安心地从刑部尚书岗位上退下来，退休金优厚。

一生如此也挺好，他当年的翰林同事，很多都做了宰相，对此他记录了自己的情绪。

> 李留守相公见过池上泛舟举酒话
> 及翰林旧事因成四韵以献之
> 引棹寻池岸，移尊就菊丛。
> 何言济川后，相访钓船中。
> 白首故情在，青云往事空。
> 同时六学士，五相一渔翁。

"济川"典出《尚书·说命上》，以咏宰辅之臣。诗中白居易追忆了往事，并进行了自嘲：同期的六个翰林学士，有五个做了宰相，另一位则是一个渔翁。

如今这个渔翁可闲适了，而另外几人，依旧在宦海中浮沉，几时得休？

唐文宗大和九年（公元 835 年），昔日同事、曾经陷害他的王涯在甘露之变中被杀。

得到消息的时候，正在看花的老白写了一首诗。

> 九年十一月二十一日感事而作
>
> 祸福茫茫不可期，大都早退似先知。
>
> 当君白首同归日，是我青山独往时。
>
> 顾索素琴应不暇，忆牵黄犬定难追。
>
> 麒麟作脯龙为醢，何似泥中曳尾龟。

人生的祸与福，谁能说得清楚呢？

白居易小知识

泥中曳尾龟

这个典故来自庄子。《庄子·秋水》中说，庄周以泥里拖着尾巴爬行而得以偷生的乌龟为楷模，以佐证他的"明哲保身"之道，这是一种消极避世的思想。

龙和麒麟身份高贵，现今也被杀了，还不如做曳尾于泥中的龟，自得其乐。

在周至，他为民做主；在忠州，他搞扶贫开发；在苏杭，他修大堤疏六井；即使晚年在洛阳，他也自己掏钱，号召疏通险滩。

看得出来，白居易的心里一直装着百姓，即使是在他最低沉的时候。

这似乎比会写几篇诗文更有意义。

事实上，白居易全面收获了下到百姓、上至皇帝的喜欢。

百姓眷恋他，皇帝也敬重他。

> 别州民
>
> 耆老遮归路，壶浆满别筵。
>
> 甘棠无一树，那得泪潸然。
>
> 税重多贫户，农饥足旱田。
>
> 唯留一湖水，与汝救凶年。

诗中还原了他离开任职多年的杭州时，杭州父老准备酒水、拦路送别的情景。

你为百姓着想，百姓也不会忘了你。

白居易在感到自豪的同时，也为自己在任时建树不多而惭愧自责，禁不住潸然泪下。

因为税重，贫穷的农户很多；又因为旱田多，农民会遭遇饥荒，他只能给父老们留下一湖水（钱塘筑湖堤工程）。

在苏州当刺史的时候，白居易也获得了百姓的爱戴。

刘禹锡在《白太守行》一诗中记录道："苏州十万户，尽作小儿啼。"一个地方官离任，居然能让群众如此动情。

白居易去世后，唐宣宗李忱曾写诗高度评价他："缀玉联珠六十年，谁教冥路作诗仙。浮云不系名居易，造化无为字乐天。童子解吟长恨曲，胡儿能唱琵琶篇。文章已满行人耳，一度思卿一怆然。"

意思是：老白啊，你火了60年，影响力遍及各年龄各阶层，是我心目中的诗仙！

据说唐宣宗上任后，首先想到的宰相人选就是白居易。

可惜这个机会来得太晚了。连好朋友元稹都当过宰相，白居易一辈子都未能爬上那样的高位，如果他当宰相，大唐会是何种光景呢？

历史不容假设。

对白居易来说，少年苦读，青年入仕，中年遭贬，老年隐逸。

哪怕在生命最后一刻，他还在走笔还诗债，乐在其中，并不以之为苦。

这一生，真的没有白过。

足矣！

在白居易去世二三十年后，王仙芝、黄巢发动了农民大起义，唐王朝离末日已经不远。

白居易的人生反思

 脑 补 大 剧 场

写最霸气的诗，做最勇敢的事（25）

 顾况

> 小白，我没看错你，你果然在长安过得不错！

白居易

> 谢谢顾大人的鼓励！

 顾况

> 你的理想是什么？

白居易

> 每个读书人的终极梦想，都是名扬天下。

 顾况

> 恭喜你做到了！

 顾况

> 大唐的男女老少，只要认识字的，应该都读过你的诗。

白居易

> 可我 50 岁的时候，才在长安买房……

 顾况

> 居易居易，说的不是身体，是你的心！

白居易

被现实压垮

一句话知识点

白居易最初的伯乐是名士顾况。

元稹

顾大人，红叶传情的故事是真的吗？

顾况

是真的又如何？

元稹

第一次听说这个故事的时候，我十分感动，顾大人是个真性情的人！

顾况

宫女真的可怜……

白居易

宫女真的可怜 +1

一句话知识点

据说顾况年轻的时候，曾在上阳宫（唐朝皇宫）附近游玩，有一天他在小河里发现枫叶，上有宫女题诗，顾况即与此宫女红叶传情，后来有情人终成眷属。

白居易
> 县尉的工作需要直接面对社会矛盾，我就早就不想干了！

元稹
> 那你还是做了一年多啊……

白居易
> 唉，想到王昌龄、高适等很多前辈都干过这个，我才能坚持下去……

白居易
> 而且杜甫宁愿去看守库房，也不想做县尉！

元稹
> 不好意思，老白，我做的是拾遗……

白居易

这个杀伤力太强了

白居易

谁让你考得好呢！

 一句话知识点

白居易的好友元稹因为考得好，比白居易先做上了拾遗。

白居易

谢谢你们的鼓励，我终于写出《长恨歌》了 @ 王质夫 @ 陈鸿

 王质夫

那还是你有才华，我早想写，可是写不出来……

 陈鸿

我也想写，只写了个《长恨歌传》。

 王质夫

@ 白居易 你还年轻，不能窝在周至。

 王质夫

要出去，就得运作！

白居易

很累的。

白居易

我想火，但不想上火。

 一句话知识点

白居易在周至做县尉，过得很不顺心，还好有朋友真心陪伴。

白居易

@ 王质夫 @ 陈鸿 昨天已经收到朝廷通知，让我回长安！

陈鸿

太好了，你的任期还没到，这属于破格提拔呀！

王质夫

《长恨歌》真的成了你的敲门砖！

唐宪宗

白爱卿，收拾行李，快来报到！

白居易

收到了 领导

一句话知识点

虽然《长恨歌》写得很不客气，但反而让白居易引起朝廷的注意，对他的仕途起到了正面的作用。

白居易

> 我做错什么了，要把我贬到江州？！

 韩愈

> 因为你是官场菜鸟……

白居易

> 什么意思？

 韩愈

> 不懂得伺机而动，量力而行啊……

 补刀人王涯

> 如果在牌桌上打了半小时牌，你还不知道谁是菜鸟，那你就是。

白居易

> 要不是你补刀，我怎么会那么惨！

白居易

臭不要脸

裴度

老白，你不该为我说话，都是我害了你！

李绛

这不怪你，白老弟有时候太不懂得迂回了。

白居易

@裴度 我是凭正义感来做这件事的！

补刀人王涯

你的意思，我是邪恶的？

白居易

你说呢？

补刀人王涯

你离挨打就差这么一点了

┊一句话知识点┊

　　因为宰相武元衡被地方军阀刺死，裴度受伤，白居易站出来要求朝廷火速缉凶，被认为是越职言事，王涯又出来补刀，说白居易不孝，白居易被追贬江州司马，此前李绛曾在皇帝面前为他说情。

元稹

老白，继续我们的话题！

白居易

什么话题？

元稹

辞职创业啊，他们不知道珍惜！

白居易

那么艰难通过科举，就这样放弃？

白居易

我还有一大家子人要养……

元稹

刚创业的时候，是会有点艰苦！

白居易

算了，现在外面大环境不行……

元稹

挠大了头

补刀人王涯

个人能力不行，什么都怪大环境……

补刀人王涯

你们到哪儿，哪儿大环境就不行，你们是能影响大环境的人吗？

元稹

这个坏人，你也能忍？

白居易

弱者选择复仇，强者选择原谅，智者选择忽略。

一句话知识点

元稹、白居易、刘禹锡、韩愈等诗坛大佬，无一例外都有被贬的经历。

韦应物

@白居易 再次来到江南，有什么感受？

白居易

比江州、忠州要好得多！

韦应物

好好在江南生活吧，别总想着那些不着边际的事情了。

元稹

@白居易 找时间我去看望兄台。

白居易

有时候，我真的很羡慕杜甫！

 韦应物

不要羡慕别人比你成就高，因为他遇到的坏人比你多。

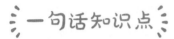

白居易先后在杭州和苏州任职，那是他少年时代曾经生活过的地方。

 唐宪宗

@白居易 你的《策林》七十五篇写得太好了，你简直就是当代司马相如啊！

 唐宣宗

白爱卿，我来迟了，本来想让你当宰相的！

白居易

我不是进夸夸群了吧？

白居易

让人怪不好意思的

5分钟
爆笑诗词 白居易篇

一句话知识点

白居易一生未当成宰相，这是一个遗憾。

蒙蒙问
爸爸

蒙蒙：白居易是仕途发展最好的大诗人了吧？

爸爸：差不多。

蒙蒙：他还那么长寿！

爸爸：要不他怎么会成为唐诗数量冠军呢？！

3

"笔锋舌剑，大唐美刺"

——白居易的讽喻诗

　　白居易善于选材，揭露矛盾，所有讽喻诗的创作灵感都来自他耳闻目见的社会现实。

　　他的讽喻诗中，除了叙事诗和特写生活的诗，也有不少寓言诗。尤其是在咏物和咏史的时候，他创作出不少寓言诗。

群聊名称	我来为你们发声 >
群二维码	>
群公告	>
备注	>
查找聊天内容	>
消息免打扰	

白居易从年轻时就十分耿直，这样的性格影响了他一生。

中唐时代，不复盛唐时的繁荣稳定，军阀割据、宦官专权加剧了权力的倾轧和社会的混乱。白居易经常以诗为武器，批判不公的社会现实，这类诗作就是人们常说的讽喻诗。

依老白来看，创作讽喻诗的目的，是发挥他的诗歌在政治上的"美刺"作用。虽然有"刺"之锋芒，但出发点是好的，是为民请命。

白居易创作的讽喻诗数量不算特别多，有上百首，但不少篇章流传度颇高，民间吟诵自如。

白居易善于选材，揭露社会矛盾，所有讽喻诗的创作灵感都来自他耳闻目见的社会现实。

他的讽喻诗中，除了叙事诗和特写生活的诗，也有不少寓言诗。尤其是在咏物和咏史的时候，他创作出不少寓言诗。

白居易仕途中的重要一站，是拾遗。虽然拾遗只是个小小的官职，但他可以借此向皇帝报送任何他认为不恰当的事情。

《新乐府》五十首《秦中吟》十首，都是他在这样的思想指导下创作出来的，目标是"为君、为臣、为民、为物、为事"。

总之，白居易同情的是广大农民、被压迫的妇女、出身较低的诗人和艺术家，鞭挞的是为非作歹的统治阶级及其狗腿子。狗腿子们一脸卑鄙下流的奴才相甚是可恶。

白居易在《策林》这本集子中说过，人之穷困，由君之奢欲。上有所好，下必从之，人君的过失，都会在下面得到放大。

老白的胆子，真的够大。

白居易的讽喻诗与政治社会密切相关，其中最杰出的代表作便是下面这首《卖炭翁》。

卖炭翁

卖炭翁，伐薪烧炭南山中。

满面尘灰烟火色，两鬓苍苍十指黑。

卖炭得钱何所营？身上衣裳口中食。

可怜身上衣正单，心忧炭贱愿天寒！

夜来城外一尺雪，晓驾炭车辗冰辙。

牛困人饥日已高，市南门外泥中歇。

翩翩两骑来是谁？黄衣使者白衫儿。

手把文书口称敕，回车叱牛牵向北。

一车炭，千余斤，宫使驱将惜不得。

半匹红纱一丈绫，系向牛头充炭直。

这首诗历来是少儿必背的诗歌，读来让人由衷敬佩白居易悲天悯人的情怀。全诗写得非常有现场感，读者就像看电影一样身临其境。

当时，宦官专权，横行无忌，经常在集市上为所欲为，以低价购得货物，更有甚者完全不给钱，与公开掠夺无异。

此即"宫市"，是中唐以后一种掠夺平民的罪恶制度。皇宫与官府所需要的日常用品等，都可以在民间采购，但是通常情况下，宦官只是随便给商贩一点钱，更有甚者完全不给钱。这就导致百姓无法得到相应的报酬，是一种野蛮的掠夺，是对民众的极大剥削与不公。

卖炭的老头再苦再冷，但他还是希望天气能更寒冷一些，因为这样他才能把炭都卖出去。

这样的心理矛盾吗？一点也不。因为人世间的悲苦，往往是以这种矛盾的形式表现出来的。

不得不说，白居易对生活的观察很细致，诗歌的选材有一套。

白居易还有些讽喻诗，不算长，但是像匕首一样直戳人心，比如下面这首《初入太行路》。

初入太行路

天冷日不光，太行峰苍莽。

尝闻此中险，今我方独往。

马蹄冻且滑，羊肠不可上。

若比世路难，犹自平于掌。

曾听说太行路险阻异常，今天我独自去，确实感到难以行进。

但是如果以艰难时世来对比的话，这险阻山路还算是平坦的。

老白的休假申请提了又提

总说朝廷离了谁都转，可我请假朝廷又不允许。

你的休假申请，皇上批下来了吗？

在陕西农村，白居易写下了一首名作。

观刈麦

田家少闲月，五月人倍忙。

夜来南风起，小麦覆陇黄。

妇姑荷箪食，童稚携壶浆。

相随饷田去，丁壮在南冈。

足蒸暑土气，背灼炎天光。

力尽不知热，但惜夏日长。

复有贫妇人，抱子在其旁。

右手秉遗穗，左臂悬敝筐。

听其相顾言，闻者为悲伤。

家田输税尽，拾此充饥肠。

今我何功德，曾不事农桑。

吏禄三百石，岁晏有余粮。

念此私自愧，尽日不能忘。

　　此诗运用白描手法，展现了广大农民在麦收时节的繁忙景象，反映了劳动人民的生活疾苦。这也是叙事高手白居易早期最著名的作品之一。

　　粮食被官府征收殆尽，农民只能在烈日下拾捡残穗用来果腹（"家田输税尽，拾此充饥肠"）。为什么大家这么辛苦，生活却丝毫得不到改善呢？

　　都是因为税赋繁重。

　　作为在朝中做官的知识分子，白居易过着丰衣足食的生活，一年领取的俸禄有三百石，但是他能为百姓做的十分有限。

　　写完这首诗，老白还现身说法，对自己能丰衣足食而农民苦难深重深表愧疚。这也是身为统治阶级的老白的反省。

　　虽然老白是官员中的一员，但他从不认为自己高人一等。

不得不说，白居易真是一个有良知的好官。

《观刈麦》这首诗也令人想起白居易的同龄人李绅的那两句诗，"四海无闲田，农夫犹饿死"。

下面这首诗念及了父母恩，同时也是白居易讽喻诗中的重要作品。

> ## 燕诗示刘叟
>
> 梁上有双燕，翩翩雄与雌，
>
> 衔泥两椽间，一巢生四儿。
>
> 四儿日夜长，索食声孜孜。
>
> 青虫不易捕，黄口无饱期。
>
> 嘴爪虽欲敝，心力不知疲，
>
> 须臾十来往，犹恐巢中饥。
>
> 辛勤三十日，母瘦雏渐肥。
>
> 喃喃教言语，一一刷毛衣。
>
> 一旦羽翼成，引上庭树枝。
>
> 举翅不回顾，随风四散飞。
>
> 雌雄空中鸣，声尽呼不归。
>
> 却入空巢里，啁啾终夜悲。
>
> 燕燕尔勿悲，尔当返自思：

思尔为雏日，高飞背母时。

当时父母念，今日尔应知！

白居易在这首诗中讲了动物界的一个故事。

两只燕子辛辛苦苦把乳燕养大，小燕子长大以后，却头也不回地飞走了。可是这能怪谁？此刻的痛苦遭遇，刘叟应该早有预料，因为他年少时对父母亦是如此。

这首诗想要表达的意思是，一个人如果想要子女对自己尽孝，自己应该带头尽孝。只有自己做出榜样，孩子才能从中学到尽孝的道理。

育人者要教子女一些道理，首先自己要做到。

《秦中吟十首》是白居易讽喻诗的代表作。

《秦中吟十首》中的诗，虽然只用最简单的句子，但效果极其震撼人心。

秦中吟十首·轻肥

意气骄满路，鞍马光照尘。

借问何为者？人称是内臣。

朱绂皆大夫，紫绶悉将军。

夸赴军中宴，走马去如云。

樽罍溢九酝，水陆罗八珍。

果擘洞庭橘，脍切天池鳞。

食饱心自若，酒酣气益振。

是岁江南旱，衢州人食人。

诗题中的"轻肥"，即轻裘肥马，代指奢侈的生活。

官老爷们的排场很大，极其奢侈，吃穿用度都是最好的。

为什么他们生活奢靡又行事强横？因为是他们在把持朝廷的军政大权。

最过分的是，花天酒地过后，他们的内心甚是坦然，觉得这是自己应该享受的生活。

可是他们能想到吗？这一年江南大旱，衢州都出现了人吃人的惨剧。

这种令人震惊的贫富对比，被白居易记录在案。

秦中吟十首·议婚

天下无正声，悦耳即为娱。

人间无正色，悦目即为姝。

颜色非相远，贫富则有殊。

贫为时所弃，富为时所趋。

红楼富家女，金缕绣罗襦。

见人不敛手，娇痴二八初。

母兄未开口，已嫁不须臾。

绿窗贫家女，寂寞二十余。

荆钗不直钱，衣上无真珠。

几回人欲聘，临日又踟蹰。

主人会良媒，置酒满玉壶。

四座且勿饮，听我歌两途。

富家女易嫁，嫁早轻其夫。

贫家女难嫁，嫁晚孝于姑。

闻君欲娶妇，娶妇意何如？

　　富人家的女儿很好嫁，而贫家女只能苦苦等待。白居易在此诗中对大唐当时流行的婚姻观念进行了批判。

　　白居易还在诗中善意提醒，男方娶到富家女不一定是好事，因为财富方面存在差距，富家女会轻视丈夫，而相比之下，贫家女上门后更懂得善待丈夫的家人。

　　白居易为了年轻人的婚姻大事，真是操碎了心。

秦中吟十首·五弦

清歌且罢唱，红袂亦停舞。

赵叟抱五弦，宛转当胸抚。

大声粗若散，飒飒风和雨。

小声细欲绝，切切鬼神语。

又如鹊报喜，转作猿啼苦。

十指无定音，颠倒宫徵羽。

坐客闻此声，形神若无主。

行客闻此声，驻足不能举。

嗟嗟俗人耳，好今不好古。

所以绿窗琴，日日生尘土。

这首诗里，白居易像是去听了一场音乐会，顺手拍了个短视频，他写得活灵活现，令人叹为观止。

全诗使用烘托的手法，写出了赵叟技艺的高超绝伦，其声音是"大声粗若散，飒飒风和雨。小声细欲绝，切切鬼神语"，这是正面描写；而"坐客闻此声，形神若无主。行客闻此声，驻足不能举"是侧面烘托，通过对客人情态的描写突出赵叟技艺的登峰造极。

然而，即使拥有如此高超的琴技，但因为大家都爱时髦的乐器，所以古琴之上落满灰尘。

白居易关于拾遗工作之高见

历史上绝大部分的进步都来自异议，否则我们现在还住在山洞里。

你怎么看待拾遗这个工作？

大家都知道，白居易长期居于热搜榜的两首长诗，一是《长恨歌》，二是《琵琶行》。

前者写的是杨贵妃，后者写的是女琴师，关注的都是唐代女性的遭遇。

而下面这首著名的讽喻诗，出自白居易的《新乐府五十首》，关注的对象同样是女性。

新乐府五十首·上阳白发人

上阳人，上阳人，红颜暗老白发新。

绿衣监使守宫门，一闭上阳多少春。

玄宗末岁初选入，入时十六今六十。

同时采择百余人，零落年深残此身。

忆昔吞悲别亲族，扶入车中不教哭。

皆云入内便承恩，脸似芙蓉胸似玉。

未容君王得见面，已被杨妃遥侧目。

妒令潜配上阳宫，一生遂向空房宿。

宿空房，秋夜长；夜长无寐天不明；

耿耿残灯背壁影，萧萧暗雨打窗声。

春日迟，日迟独坐天难暮：

宫莺百转愁厌闻，梁燕双栖老休妒。

莺归燕去长悄然，春往秋来不记年；

唯向深宫望明月，东西四五百回圆。

今日宫中年最老，大家遥赐尚书号。

小头鞋履窄衣裳，青黛点眉眉细长。

外人不见见应笑，天宝末年时世妆。

上阳人，苦最多，少亦苦，老亦苦。

少苦老苦两如何？

君不见昔时吕向《美人赋》，
又不见今日上阳白发歌！

　　诗题中的"上阳"，是指东都洛阳的皇帝行宫上阳宫，为唐高宗于公元 674 至公元 676 年间所建，是禁苑的一部分。

　　一名 16 岁入宫的女子，在宫里度过了煎熬的 44 年，现在容颜衰老，无人问津。

　　帝王们强制征选民间女子，致后宫佳丽三千，但又有几人能在深宫中感受到片刻的幸福？在残酷的宫斗中，绝大多数入宫的女子独守空房，幽闭深宫。

　　对于时间的流逝，宫女们已经麻木，所以她们还化着几十年前流行的妆容，让人看了唏嘘不已。

　　无论年轻时还是年老后，她们都经历着同样的苦，命运无比悲惨。

　　白居易通过描写上阳宫人的悲惨遭遇，揭露了封建宫廷广选妃嫔制度的残酷与罪恶。当然，白居易绝不只是说说而已。除了借这首诗大力抨击，元和四年（公元 809 年），白居易还给皇帝写了奏状《请拣放后宫内人》，历数征选民间女子的种种弊端（既费钱财，又无人性），请求皇帝释放部分宫女。

不得不说，白居易的胆子真的很大，敢直接跟皇帝控诉后宫制度。

除了上面这首《上阳白发人》，《新乐府五十首》里还有很多好诗。这里再列举两首精品。下面这首是讽刺唐朝不合理的军事政策的。

新丰折臂翁

新丰老翁八十八，头鬓眉须皆似雪。

玄孙扶向店前行，左臂凭肩右臂折。

问翁臂折来几年，兼问致折何因缘。

翁云贯属新丰县，生逢圣代无征战。

惯听梨园歌管声，不识旗枪与弓箭。

无何天宝大征兵，户有三丁点一丁。

点得驱将何处去？五月万里云南行。

闻道云南有泸水，椒花落时瘴烟起。

大军徒涉水如汤，未过十人二三死。

村南村北哭声哀，儿别爷娘夫别妻。

皆云前后征蛮者，千万人行无一回。

是时翁年二十四，兵部牒中有名字。

夜深不敢使人知，偷将大石锤折臂。

张弓簸旗俱不堪，从兹始免征云南。

骨碎筋伤非不苦，且图拣退归乡土。

此臂折来六十年，一肢虽废一身全。

至今风雨阴寒夜，直到天明痛不眠。

痛不眠，终不悔，且喜老身今独在。

不然当时泸水头，身死魂孤骨不收。

应作云南望乡鬼，万人冢上哭呦呦。

老人言，君听取。

君不闻开元宰相宋开府，不赏边功防黩武？

又不闻天宝宰相杨国忠，欲求恩幸立边功？

边功未立生人怨，请问新丰折臂翁。

此诗通过一位新丰折臂老人的自述，谴责杨国忠等人为了功绩，盲目对南诏国发动战争。

天宝九年（公元750年），因云南太守张虔陀侮辱南诏王，双方开始交战，几次战争均告失败，边疆战争导致近20万士兵死亡。

诗中描写了一位在天宝年间逃过兵役的老人，为避免强征入伍、枉死异乡，不惜偷偷用石头砸断自己的右臂。

诗人借诗劝诫执政者，当以历史教训为鉴，倾听百姓之声，

120

不要再加剧边疆紧张局势，寻求什么开疆拓土的功绩。

　　白居易在这首诗里，也含蓄地揭示了唐王朝由盛转衰的原因所在，具有深刻的社会意义。

　　下面这首是哀好人之冤的《秦吉了》。

秦吉了

秦吉了，出南中，彩毛青黑花颈红；

耳聪心慧舌端巧，鸟语人言无不通。

昨日长爪鸢，今朝大嘴乌；

鸢捎乳燕一窠覆，乌啄母鸡双眼枯。

鸡号堕地燕惊去，然后拾卵攫其雏。

岂无雕与鹗？嗉中肉饱不肯搏。

亦有鸾鹤群，闲立飏高如不闻。

秦吉了，人云尔是能言鸟，

岂不见鸡燕之冤苦？吾闻凤凰百鸟主，

尔竟不为凤凰之前致一言，安用噪噪闲言语！

　　秦吉了是一种会说话的鸟儿，它在语言方面的才能胜过八哥和鹦鹉，这里代指谏言大夫、左右补阙、左右拾遗一类的言官。

　　长爪鸢、大嘴乌，在诗里代指坏官僚和地主；凤凰则是

百鸟之王，在诗中代指皇帝。

　　这首诗主要讽刺了朝廷的言官侍臣，他们眼看人民群众被贪官污吏、豪强势力欺压得家破人亡，但从不敢在皇帝面前说一句话。

　　自中唐以来，宦官专权，大唐天子的护卫禁军神策军横暴至极，承受重压的平民百姓有冤根本不敢诉，而犯事的官吏也不会被追究罪责。

　　总之，百姓遭殃，生灵涂炭，大唐到处充满隐患。

王涯有一个问题

白居易一辈子的挚友是元稹。

这是因为他们的性格和经历实在太像，连做梦都同步，居然可以梦到同一个人。

元稹虽然很有才华，但因为性格刚直，锋芒太露，不可避免地被贬了官。被贬为江陵府士曹参军后，他开始了困顿的贬谪生活。因为始终咽不下这口气，元稹写下了《放言五首》。

对兄弟元稹的遭遇，白居易甚是同情。没想到，几年后白居易也被贬到地方为官（江州司马），切实体会到了元稹的心情。

在赴任路上，白居易感慨良多，写下了同题的《放言五首》。诗题中的"放言"，意即无所顾忌，畅所欲言。

先来看第一首。

> 放言五首·其一
>
> 朝真暮伪何人辨，古往今来底事无。
> 但爱藏生能诈圣，可知宁子解佯愚。

草萤有耀终非火，荷露虽团岂是珠。

不取燔柴兼照乘，可怜光彩亦何殊。

很多事情，白天是真的，晚上是假的，有谁会去分辨呢？从古至今这都是一笔糊涂账。

从政治上说，很多事情不能看表面，要去分辨内里的真伪。

可悲的是，世人只爱臧武仲式的假圣人，却不知道还有宁武子那样的高贤。

就像萤火虫虽然有光，却不是真的火光；荷叶上的露水虽然是圆的，但它并非珍珠。

因此可以说，外观炫目的东西，往往只能娱人眼目，蒙蔽人心，实际上不堪大用。

白居易在这首诗中，展现了自己的辩证思维能力，又有不可遏制的激情迸发，对当时的政治现实痛加针砭，有种一吐为快的感觉。

《放言五首》都写得不错，但尤以第三首写得最为精彩。

放言五首·其三

赠君一法决狐疑，不用钻龟与祝蓍。

试玉要烧三日满，辨材须待七年期。

周公恐惧流言日，王莽谦恭未篡时。

向使当初身便死，一生真伪复谁知？

这首诗被人记住，大概是因为其中有金句。

读此诗，好像看到白居易在跟好友聊天：兄弟不要着急，我们就像"玉"和"材"一样，我们最真实的价值，最终一定会被时间证明。

对任何人和事，如果急于下结论，往往会是错误的。

按某些人的观点，周公就是一个篡权的人，而真正篡权的王莽好像是一个谦谦君子。你说讽不讽刺？

由此看来，白居易除了是一个诗人，还是一个聪明的哲学家，他善于以小见大，把自己的哲思和总结的规律在具体的故事中铺展开。

有人评价说，这首诗里的句子是真正的千古名言。即使佛说真经，也不过如是。

如果白居易跟庄子、韩非子同时代，他们一定能成为很好的朋友。

脑补大剧场

我来为你们发声（25）

 唐宪宗

> 大家说说，谁是我大唐的第一孤勇者？

 李商隐

> 要我说，是白居易老师。

 令狐楚

> 那当然是白居易！

 刘禹锡

> 白居易！

 元稹

> 我也来表个态。

 唐宪宗

一眼识破

 唐宪宗

> 元爱卿，你就不用说了！

白居易

我何德何能……

王质夫

就凭在《长恨歌》里，你骂先皇不早朝……

裴度

就凭你在奏章里说，陛下错了……

元稹

众生皆苦
只有你是草莓味

元稹

你是限量版

白居易

王质夫

老白，不要骄傲！

白居易

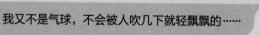

我又不是气球，不会被人吹几下就轻飘飘的……

一句话知识点

白居易的胆量在诗人里确实是很大的。

元稹
> @白居易 说心里话，你跟我好，最主要的原因是什么？

白居易
> 放心，绝不是因为你的长相，也不是因为你有钱！

元稹

> 作为一个靓仔
> 我习惯了孤独

李绅
> 还不是因为文学主张一致！

白居易
> 新乐府，我的最爱……

白居易
> 我就像个天平，谁为新乐府奉献得多，我就偏向谁！

元稹
> 我们仨是什么时候开启这项革新的？

白居易

贞元、元和年间！

元稹

我们认识的第几年？

白居易

我真的好羡慕你们
年纪轻轻就遇上了才华横溢的我

一句话知识点

白居易、元稹、李绅是唐朝新乐府运动的三大旗手，这项文学革新对中国文坛影响深远。

唐宣宗

@白居易 朕一直认为，你是大唐的司马相如。

白居易

其实我更喜欢汉朝的贾谊。

唐宣宗

我知道，贾谊更有自我！

白居易

知道世间真相是什么吗?

韩愈

让我组织一下语言

白居易

矮人看戏何曾见,都是随人说短长。

元稹

内容过于真实

一句话知识点

白居易有自己的政治抱负,只是未能实现。

蒙蒙问爸爸

蒙蒙:白居易那么骂人,他不怕吗?

爸爸:可能他觉得自己是铁脖子。

蒙蒙:至少他不能骂皇帝吧?

爸爸:他是"好汉也吃眼前亏"……

4

"忘记自己，才能活好"

——白居易的闲适诗

　　虽然内心浮躁，但最终白居易还是选择为情绪找一个出口，那就是去做一个闲人。

　　只有闲适，能解生活之烦忧。

群聊名称　　　　　　　可以长得丑，但要想得美 ＞

群二维码　　　　　　　　　　　　　　　　　＞

群公告　　　　　　　　　　　　　　　　　　＞

备注　　　　　　　　　　　　　　　　　　　＞

查找聊天内容　　　　　　　　　　　　　　　＞

消息免打扰

白居易骨子里跟山水风月亲近。山水风月，给人一种闲适之感，而闲适正是个体精神的一种超越。

在白居易眼里，闲适诗是讽喻诗的补充。如果说在讽喻诗里，他很少考虑个人情感和需要（兼济），那么在写闲适诗的时候，他完全是出自个人情感的需要（独善）。

陶渊明的名句"采菊东篱下，悠然见南山"一出，他便被奉为闲适诗的鼻祖。

随着知识分子个人意识的觉醒，用以抒发个体情感的诗句越来越多，仅唐代就出现不少闲适名诗：

"白发任教双鬓改，黄金难买一生闲。"（牟融《游报本寺》）；

"因过竹院逢僧话，又得浮生半日闲。"（李涉《登山》）；

"长爱街西风景闲，到君居处暂开颜。"（刘禹锡《秋日题窦员外崇德里新居》）；

"几时抛俗事，来共白云闲。"（温庭筠《地肺山春日》）……

李白也写过一首这样风格的诗："众鸟高飞尽，孤云独去闲。相看两不厌，只有敬亭山。"（《独坐敬亭山》）

不过，把闲适诗的诗学思想上升到理论高度的还得是白居易。

白居易所下的定义是，所谓闲适诗，是公退独处、移病闲居时的产品，其目的是知足保和，吟咏性情。

很明显，白居易跟其他读书人不同，他的闲适是战斗之余的一种休息。

随时准备战斗，人间正义使者，一级准备。

江州对白居易而言，是他创作上的一个转折点。白居易那首著名的《与元九书》就写于江州司马任上。

此前，他写了不少讽喻诗，之后讽喻诗的创作数量大幅减少，取而代之的是感伤诗和闲适诗。

有人说，佛、道两教成了他的避风港，泉石云林成了他寄情的乐土。

谁说人生就不能闲适了？正确地"浪费"时间很重要。

说起白居易的闲适诗，可以罗列出一大堆，其中精品也不在少数。

下面找几首典型的闲适诗来简单分析一下。

> **池上**
>
> 小娃撑小艇，偷采白莲回。
>
> 不解藏踪迹，浮萍一道开。

这首小诗富有情趣，妙不可言。

一个小孩撑着小船，偷偷地从池塘里采了白莲回来，但他不会隐藏自己的行踪，浮萍上清晰地留下了一道小船划过的痕迹。

行于池畔、饱经沧桑的白居易，内心顿生慈爱。

> **官舍小亭闲望**
>
> 风竹散清韵，烟槐凝绿姿。
>
> 日高人更吉，闲坐在茅茨。
>
> 葛衣御时暑，蔬饭疗朝饥。
>
> 持此聊自足，心力少营为。
>
> 亭上独吟罢，眼前无事时。
>
> 数峰太白雪，一卷陶潜诗。
>
> 人心各自是，我是良在兹。
>
> 回谢争名客，甘从君所嗤。

这首诗里有一种强烈的对比，即以"淡泊知足之心"对

比"清爽自然之景"。

白居易好似在借诗说：就算我老白的境界不高，在浪费时间，可是这种闲适之情，不正是生活中最有趣味，也最应该有的东西吗？

我这种活法，你就羡慕嫉妒恨吧。

北窗闲坐

虚窗两丛竹，静室一炉香。

门外红尘合，城中白日忙。

无烦寻道士，不要学仙方。

自有延年术，心闲岁月长。

透过窗子可以看到屋外的两丛绿竹，独坐室内，点燃一炉香，哪管门外各种俗事？

他也不去为寻道的事烦恼，为什么呢？因为他自有延年益寿之术，只要内心闲适，岁月自然绵长。

后来，白居易果然长寿，足足活了75岁，在中国大诗人里可以排在前列。

看来闲适真的有益长寿。

有时候心里烦躁，白居易就会给好友写诗。下面这组诗就是他在某年底给元稹写的：

岁暮寄微之三首

微之别久能无叹？知退书稀岂免愁？

甲子百年过半后，光阴一岁欲终头。

池冰晓合胶船底，楼雪晴销露瓦沟。

自觉欢情随日减，苏州心不及杭州。

白头岁暮苦相思，除却悲吟无可为。

枕上从妨一夜睡，灯前读尽十年诗。

龙钟校正骑驴日，憔悴通江司马时。

若并如今是全活，纡朱拖紫且开眉。

荣进虽频退亦频，与君才命不调匀。

若不九重中掌事，即须千里外抛身。

紫垣南北厅曾对，沧海东西郡又邻。

唯欠结庐嵩洛下，一时归去作闲人。

虽然内心浮躁，但最终白居易还是选择为情绪找一个出口，那就是去做一个闲人。

只有闲适，能解生活之烦忧。

白居易要换一种活法

长庆二年（公元822年），白居易在去杭州赴仕途中，写了一首《暮江吟》。

> 暮江吟
>
> 一道残阳铺水中，半江瑟瑟半江红。
> 可怜九月初三夜，露似真珠月似弓。

一道残缺的夕阳慢慢沉入水中，使得江水的颜色一半碧绿一半艳红，甚是美丽。

最令白居易印象深刻的是，九月初三那天晚上的露水，就像珍珠一样亮丽晶莹，而那月亮像弯弓一样。

一边是江水，一边是夕阳。夕阳西沉，晚霞映江，人间再难有比这更绚丽的景色了，真令人神往。

下面这首诗写于元和十二年（公元 817 年）初夏。

> 大林寺桃花
>
> 人间四月芳菲尽，山寺桃花始盛开。
>
> 长恨春归无觅处，不知转入此中来。

如果是在平原地带，初夏正是各种花儿落尽的时候，而在这里的高山古寺中，桃花竟然刚刚盛放。

白居易因为春天的消逝而伤感不已，到处寻找它的踪迹。在这里重遇春景，喜不自禁，原来春天从不曾走远，只是到了另外的地方（比如这片山林里）。

初夏时节，白居易在江州庐山的大林寺即景吟诗。这本是一个人迹罕至的所在，但白居易很是喜欢（贬官江州，他有很长时间住在庐山）。

在白居易的笔下，春光被描写得生动具体，清新自然。

1000多年来，很多读者喜欢下面这首词，将之视为珍品。

忆江南

江南好，风景旧曾谙。

日出江花红胜火，春来江水绿如蓝。

能不忆江南？

老白的这首词共三首，这里只选其中一首。

后世有评论家说，白居易善于抓住自然景物与内心之间的联系，抒发自己的感情，所以他的诗很容易引起读者的共鸣。

大家在学习的时候，可以特别注意这种"从景物到内心"的写法。

钱塘湖春行

孤山寺北贾亭西，水面初平云脚低。

几处早莺争暖树，谁家新燕啄春泥。

乱花渐欲迷人眼，浅草才能没马蹄。

最爱湖东行不足，绿杨阴里白沙堤。

这是一首描写西湖春景的七言律诗，完稿时间估计在长庆三年或四年（公元823或824年）。

当时杭州刚度过旱灾，白居易一直密切关注天气，发现春风细雨，全无旱象，便高兴地接连写诗庆祝，其中最棒的就是这首《钱塘湖春行》。

在一个明媚的早晨，白居易信马来到钱塘江畔，由孤山寺北面绕到贾公亭西边，云气与湖面上的水波连成一体。

近处远处都有鸟儿的叫声，沿途繁花似锦。路面上的小草从土里钻出来，恰好能遮住马蹄。最令人喜爱的是湖东一带，信步漫游，白沙堤在绿杨遮成的树荫里，自在悠闲。

此诗通过对西湖早春大好风光的描绘，抒发了白居易内心的喜悦，充分展示了他对大自然最真诚的热爱。

这首诗是有史以来咏叹西湖最知名的篇章之一，不仅结构完美，而且衔接自然、用词精准，字里行间尽显可爱。

估计前杭州刺史贾全都没料到，自己建的亭子会因为白居易的这首诗而留名青史。

下面这首山水诗，篇幅很长，1000多字。这里只做节选。

读完，有一种人在氧吧，大脑得到充分休息的感觉。

《游悟真寺诗》（节选）

元和九年秋，八月月上弦。

我游悟真寺，寺在王顺山。

去山四五里，先闻水潺湲。

自兹舍车马，始涉蓝溪湾。

手拄青竹杖，足踏白石滩。

渐怪耳目旷，不闻人世喧。

山下望山上，初疑不可攀。

谁知中有路，盘折通岩巅。

一息惆竿下，再休石龛边。

龛间长丈余，门户无扃关。

仰窥不见人，石发垂若鬟。

惊出白蝙蝠，双飞如雪翻。

回首寺门望，青崖夹朱轩。

如擘山腹开，置寺于其间。

一门无平地，地窄虚空宽。

············

赤日间白雨，阴晴同一川。

野绿簇草树，眼界吞秦原。

渭水细不见，汉陵小于拳。

却顾来时路，萦纡映朱栏。

历历上山人，一一遥可观。

前对多宝塔，风铎鸣四端。

栾栌与户牖，恰恰金碧繁。

云昔迦叶佛，此地坐涅槃。

至今铁钵在，当底手迹穿。

西开玉像殿，白佛森比肩。

斗薮尘埃衣，礼拜冰雪颜。

叠霜为袈裟，贯电为华鬘。

逼观疑鬼功，其迹非雕镌。

次登观音堂，未到闻栴檀。

上阶脱双履，敛足升净筵。

· · · · · · · · · · · ·

风从石下生，薄人而上持。

衣服似羽翮，开张欲飞骞。

· · · · · · · · · · · ·

一游五昼夜，欲返仍盘桓。

我本山中人，误为时网牵。

牵率使读书，推挽令效官。

既登文字科，又忝谏净员。

拙直不合时，无益同素餐。

以此自惭惕，戚戚常寡欢。

无成心力尽，未老形骸残。

今来脱簪组，始觉离忧患。

143

及为山水游，弥得纵疏顽。

野麋断羁绊，行走无拘挛。

池鱼放入海，一往何时还。

身著居士衣，手把南华篇。

终来此山住，永谢区中缘。

我今四十余，从此终身闲。

若以七十期，犹得三十年。

此诗开头，有点像杜甫《北征》的开端（"皇帝二载秋，闰八月初吉。杜子将北征，苍茫问家室"）。这不奇怪，在长篇叙事诗上，白居易就是以杜甫为师的。

诗歌按照时间顺序，以游山过程贯串始终，又在人文景致的描写中穿插心情感受，内容丰富，使叙事、抒情、写景浑然一休。

诗中文字，则似李白。宏阔有"赤日间白雨，阴晴同一川"，奇异有"风从石下生，薄人而上抟。衣服似羽翮，开张欲飞骞"。

真是动静相宜。

清人赵翼以此诗与韩愈《南山》相比较："层次既极清楚，且一处写一处景物，不可移易他处：较《南山》诗，似更过之。"

白居易的成人修养

有时候，闲得发慌的白居易，会焦急地写诗，约人出来喝酒。

> 问刘十九
>
> 绿蚁新醅酒，红泥小火炉。
>
> 晚来天欲雪，能饮一杯无？

此诗大约完成于元和十一年（公元 816 年），一直为读

者所喜爱。

在一个寒风呼啸、大雪纷飞的傍晚，白居易急切地邀请朋友刘十九（刘轲，河南登封人）一起喝酒聊天。

这首诗胜在极其朴素自然，信手拈来，轻松洒脱，极其生活化。

新酒刚酿就的时候，绿曲浮渣泡沫如蚁，最为馋人。这种情景，哪个朋友能够拒绝？

看得出白居易对朋友十分真诚恳切。后世很多人想见朋友，也常引用老白的这首诗。

这真是一首有感染力的好诗。

在白居易看来，自己的闲适，当然要与好朋友分享。

朝归书寄元八

进入阁前拜，退就廊下餐。

归来昭国里，入卧马歇鞍。

却睡至日午，起坐心浩然。

况当好时节，雨后清和天。

柿树绿阴合，王家庭院宽。

瓶中鄠县酒，墙上终南山。

独眠仍独坐，开襟当风前。

禅师与诗客，次第来相看。

要语连夜语，须眠终日眠。

除非奉朝谒，此外无别牵。

年长身且健，官贫心甚安。

幸无急病痛，不至苦饥寒。

自此聊以适，外缘不能干。

唯应静者信，难为动者言。

台中元侍御，早晚作郎官。

未作郎官际，无人相伴闲。

　　整天无拘无束，睡到自然醒，好在所住的院子也足够大，这样可以时不时邀请朋友到家里小酌。

　　总之，没有什么可牵挂的，只要心态好，人、事和天气都会自然转好，身体也不会受饥寒之苦。

　　元宗简兄弟，现在暂且享受着，以后的事，放到以后再说吧。

　　在白居易看来，人世的闲适，又怎能离开垂钓之乐？

渭上偶钓

渭水如镜色，中有鲤与鲂。

偶持一竿竹，悬钓至其傍。

微风吹钓丝，袅袅十尺长。

谁知对鱼坐，心在无何乡。

昔有白头人，亦钓此渭阳。

钓人不钓鱼，七十得文王。

况我垂钓意，人鱼又兼忘。

无机两不得，但弄秋水光。

兴尽钓亦罢，归来饮我觞。

　　渭河水平静如镜，里面有无数的鱼儿，以前姜太公在这里钓鱼，70岁的时候遇到伯乐文王，成就一番人事业。

　　今天我在这里钓鱼，没有目标，把自己和鱼儿都忘记了。趁兴而来，尽兴而归，归去正好喝酒。

　　在此诗中，白居易说自己在钓鱼的时候一点也不功利，不再计较得失。

　　在山林的包围下，他忘记了世界，也忘记了自己，这颇有禅意。就像外出钓鱼一样，最终忘记钓了多少条，甚至忘记了钓鱼本身，只是静静地享受着微风吹拂，惬意地饮酒。

可是，白居易真的能做到超然物外吗？

很难。不过，他一直在努力，比如下面这首诗，就表明了他的心迹。

> 游蓝田山卜居
>
> 脱置腰下组，摆落心中尘。
>
> 行歌望山去，意似归乡人。
>
> 朝踏玉峰下，暮寻蓝水滨。
>
> 拟求幽僻地，安置疏慵身。
>
> 本性便山寺，应须旁悟真。

白居易对田园生活的向往之情跃然纸上。

远离俗事，一洗尘缘，真的太爽了。

做一个农夫，从早到晚安享僻静，困了就脱下腰间的腰带，抖落内心的尘埃，伸个懒腰，睡上一觉，这种生活状态不好吗？

难怪白居易最爱的偶像之一便是陶渊明，他一直企盼做农夫的心，和陶渊明简直是一样一样的。

再看下面这首，白居易对农夫生活的向往之情，写得就更具体了。

归田三首

人生何所欲？所欲唯两端：

中人爱富贵，高士慕神仙。

神仙须有籍，富贵亦在天。

莫恋长安道，莫寻方丈山。

西京尘浩浩，东海浪漫漫。

金门不可入，琪树何由攀？

不如归山下，如法种春田。

种田计已决，决意复何如？

卖马买犊使，徒步归田庐。

迎春治耒耜，候雨辟菑畬。

策杖田头立，躬亲课仆夫。

吾闻老农言，为稼慎在初。

所施不卤莽，其报必有余。

上求奉王税，下望备家储。

安得放慵堕，拱手而曳裾？

学农未为鄙，亲友勿笑余。

更待明年后，自拟执犁锄。

三十为近臣，腰间鸣佩玉。

四十为野夫，田中学锄谷。

何言十年内，变化如此速？

此理固是常，穷通相倚伏。

为鱼有深水，为鸟有高木。

何必守一方，窘然自牵束？

化吾足为马，吾因以行陆；

化吾手为弹，吾因以求肉。

形骸为异物，委顺心犹足。

幸得且归农，安知不为福？

况吾行欲老，瞥若风前烛；

孰能俄顷间，将心系荣辱？

白居易说，人生就两种追求，一般人爱富贵，再有点层次的就羡慕神仙。

可是让我老白说，这两种生活都没谱，也没什么意思，都比不上务农实在。

真是千言万语，也道不尽做农夫的好。

农夫生活，归根到底是什么？

还是闲适。

秋游原上

七月行已半，早凉天气清。

清晨起巾栉，徐步出柴荆。

露杖筇竹冷，风襟越蕉轻。

闲携弟侄辈，同上秋原行。

新枣未全赤，晚瓜有余馨。

依依田家叟，设此相逢迎。

自我到此村，往来白发生。

村中相识久，老幼皆有情。

留连向暮归，树树风蝉声。

是时新雨足，禾黍夹道青。

见此令人饱，何必待西成？

此诗描写了老白和家人在原上做客，其乐融融的样子。

秋天，老白与弟侄辈一同在渭村原上游玩，大自然的景致令人心旷神怡。看到民风淳朴，村民闲散自得，白居易心情大好，感到一种空前的放松。

在美丽的风景中尽享亲情之乐大概这就是传说中的幸福吧！

这样的诗，还有《兰若寓居》《适意二首》《宿清源寺》

152

《过紫霞兰若》等等。

真是数不胜数。

论人生闲适，享受生活，白居易可绝不落后！

如何从平庸人生中找到乐趣？

脑补大剧场

可以长得丑，但要想得美（166）

 孟郊

听说白兄的诗在日本、朝鲜很有影响力？

 元稹

那是，日本和朝鲜商人手上有白兄的诗，回去是会升官发财的！

白居易

确实有个人因为我的诗得到了五品官……

 孟郊

什么时候我的诗也有那种待遇就好了！

白居易

除非你做到：意到笔随，潇洒自如，浑然天成，毫无痕迹。

 元稹

🌹🌹🌹

 孟郊

饶了我吧

一句话知识点

白居易的国际影响力，在古代诗人里是一流的。

贾岛

@ 白居易 怎样才能做到心不为物所役？

白居易

你一个出家人，问我这种问题？！

白居易邀请 凝公大师 进入群聊

白居易

你应该问这位大师！

凝公大师

别贪心，你不可能什么都有；别灰心，
你不可能什么都没有！

贾岛

可以可以　6666

厉害厉害

佩服三连

一句话知识点

白居易摆脱烦恼，走入闲适，一靠诗歌，二靠山水，
三靠佛道。

元稹

说到闲适，必说山水田园！

白居易

我说的闲适，不同于六朝以来逃避现实的田园山水派，也不同于某些诗人借口诗言志而搞自我吹嘘、自我陶醉的那一套！

韩愈

说得太好了，如果王维、孟浩然在世，必然同意这个观点！

刘禹锡

@白居易 那你的诗易读，主要出于什么考虑？

白居易

要写人，但不要人为地设置阅读障碍！

白居易

文学即人学，不写人的命运和情感，诗还有什么看头？

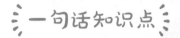

一句话知识点

白居易在山水田园诗上的追求，有实践有理论，影响了后世很多诗人。

凝公大师

为什么你对道教感兴趣，但对炼丹浅尝辄止？

白居易

我就是一个凡夫俗子，从来不相信长生不老之说。

白居易

研究佛道也是一种无可奈何的自我解脱。

元稹

与其冒险服药，不如适时举杯？

白居易

是的。事实上，我认识的好几位皇帝，因为吃丹药驾崩了……

元稹

我差点笑出猪叫声……

白居易

丢人

一句话知识点

白居易是一个明白人，没对道教所言的长生寄予太多的希望。

蒙蒙问
爸爸

蒙蒙：白居易是个聪明人！

爸爸：何以见得？

蒙蒙：他半信半疑参与炼丹，但从不吃丹药。

爸爸：还真是……

5

"骨肉之爱，人间依赖"
——白居易的亲情诗

　　老白 37 岁时才结婚，一生共育有三个子女，其中两个都不幸夭折。

　　白居易内心是非常痛苦的。

群聊名称	生活果然不容易 >
群二维码	>
群公告	>
备注	>
查找聊天内容	>
消息免打扰	

①

白居易这个人，特别重感情，他好友的数量，不比李白和杜甫少。

他与元稹和诗无数（有的一写就是上千字），与刘禹锡互相酬唱，晚年还跟孙子辈的李商隐说："下辈子我做你儿子！"（"我死后，得为尔儿足矣。"）

即使是对八竿子打不着的陌生人，白居易也会给予无私的爱，这从他著名的讽喻诗《卖炭翁》里可以看出来。然而，白居易不只与好友有浓浓的友情，不只对陌生人无私慷慨，在家庭生活中，他也是一个不折不扣的模范男人。

现存白居易最早的一首诗，就是在江南一带漂泊时写给家人兄弟的。

江南送北客因凭寄徐州兄弟书

故园望断欲何如？

楚水吴山万里余。

今日因君访兄弟，

数行乡泪一封书。

白居易年少时因藩镇叛乱而四处逃难，11岁时他跟随父亲从荥阳去徐州，父亲因当时叛乱较多，将家人送到符离安居，第二年，叛乱持续，白居易又逃到江浙一带。

写这首诗的时候，白居易15岁，在江南等地游历。

白居易思念父兄，眼中饱含热泪，写了封家书托人带往北方。

"家乡"两个字，永远是神圣的，因为那里有家人。

白居易是一个大孝子。

中国历史上很多大诗人受母亲的影响很深，比如写出《游子吟》的唐代著名诗人孟郊、一生笔耕不辍的南宋爱国诗人陆游。

白居易也是"孝子俱乐部"的重要成员。他的母亲姓陈，俗称陈氏，陈家与白家是亲戚。

陈氏幼年丧父，母亲带她回娘家守寡。15岁那年，陈氏嫁给41岁的白季庚，两人的年龄相差26岁。

白居易与母亲感情深厚。公元 799 年春天，白居易回到洛阳看望母亲。因为马上要到外地参加考试，对病中的母亲，白居易的内心充满愧疚和不舍，写下一首乐府诗《生离别》。

生离别

食檗不易食梅难，檗能苦兮梅能酸。

未如生别之为难，苦在心兮酸在肝！

晨鸡再鸣残月没，征马连嘶行人出。

回看骨肉哭一声，梅酸檗苦甘如蜜。

黄河水白黄云秋，行人河边相对愁。

天寒野旷何处宿？棠梨叶战风飕飕。

生离别，生离别，忧从中来无断绝！

忧极心劳血气衰，未年三十生白发。

离开母亲有多苦呢？这么说吧，极苦的黄檗和极酸的梅子，跟苦楚的离别相比，都不算什么了。

天气寒冷，回头看一眼母亲，不由得大哭起来。这种离别之时的情感是无比真挚的，连绵不绝的，也是撕心裂肺的。

白居易甚至认为，自己不到 30 岁就长出白头发，也与这种离别的愁绪有关（"忧极心劳血气衰，未年三十生白发"）。

纵观白居易的一生，母亲对他的人生至少有三个方面的

影响。

一是教育和敦促他学习，否则白居易不会高中进士（父亲在他中进士的 6 年前就去世了，全家失去了经济来源和精神依靠）。

二是阻挠了他与初恋湘灵的婚事，因为母亲认为两家并非门当户对，最后白居易只得娶了家境更好的杨氏。

三是因为幼子和丈夫相继去世，陈氏深受刺激，患上精神疾病（唐朝称"心疾"），白居易不得不分神照顾。受精神疾病所苦，陈氏经常大喊大叫（"叫呼往往达于邻里"），严重时甚至自伤自残。白居易特意请了两个身体强健的丫鬟来看守，可是丫鬟没留神，让陈氏在赏花时因坠井不幸死去。陈氏去世这件事还被白居易的政治对手拿来大做文章，导致白居易被贬。

公元 811 年，按照国家制度的规定，白居易回家奔丧，并循礼丁忧。

白居易小知识

丁忧

周朝开始有"丁忧"这个丧俗，到唐朝时形成明文的制度，即朝廷官员的父母如若死去，无论此人任何官何职，从得知丧事的那一天起，必须回到祖籍守丧三年（实际为二十七个月）。居丧期间不担任官职，不婚嫁，不宴乐，不应考。

白居易丁忧的金氏村，风景优美，可是他无心欣赏，心情灰暗无比。

重到渭上旧居

旧居清渭曲，开门当蔡渡。

十年方一还，几欲迷归路。

追思昔日行，感伤故游处。

插柳作高林，种桃成老树。

因惊成人者，尽是旧童孺。

试问旧老人，半为绕村墓。

浮生同过客，前后递来去。

白日如弄珠，出没光不住。

人物日改变，举目悲所遇。

回念念我身，安得不衰暮？

朱颜销不歇，白发生无数。

唯有山门外，三峰色如故。

上面这首诗，充满了白居易对人生无常的慨叹。

自小，白居易就经历了亲人离世。祖父白锽在白居易两岁时去世，祖母薛氏在白居易六岁时去世。

在母亲去世前，公元 792 年，最小的弟弟幼美就已夭折。公元 794 年，父亲卒于襄阳任上。公元 800 年，外祖母陈氏猝然离世。亲人的相继离世，让白居易经历了刻骨铭心的丧亲之痛。

母亲的忽然离世，令白居易十分难过、遗憾和不安。

慈乌夜啼

慈乌失其母，哑哑吐哀音。

昼夜不飞去，经年守故林。

夜夜夜半啼，闻者为沾襟。

声中如告诉，未尽反哺心。

百鸟岂无母？尔独哀怨深。

应是母慈重，使尔悲不任。

昔有吴起者，母殁丧不临。

嗟哉斯徒辈，其心不如禽！

慈乌复慈乌，乌中之曾参。

《慈乌夜啼》是白居易创作的一首五言诗，诗中提到的慈乌是一种较小的乌鸦，有反哺其母的美德。

慈乌失去母亲，终年守在往日与母亲一同栖息的树林，天天哀伤地哭泣，听到的人也禁不住泪流满面，心中隐隐作痛。

白居易还写过一篇有关别人母亲的诗，抒发对母亲的思念。

母别子

母别子，子别母，白日无光哭声苦。

关西骠骑大将军，去年破虏新策勋；

敕赐金钱二百万，洛阳迎得如花人。

新人迎来旧人弃，掌上莲花眼中刺。

迎新弃旧未足悲，悲在君家留两儿。

一始扶行一初坐，坐啼行哭牵人衣。

以汝夫妇新燕婉，使我母子生别离。

不如林中乌与鹊，母不失雏雄伴雌；

应似园中桃李树，花落随风子在枝。

新人新人听我语，洛阳无限红楼女。

但愿将军重立功，更有新人胜于没。

　　某个男子在外建功立业，回家就抛弃了老妻，另娶新妇。

　　可怜的发妻最不舍的是两个儿子，因为男子迎新弃旧，母子不得不就此离别，从此不得相见。

　　白居易在此诗中将母子之间不舍的情感描写得细致入微。

　　因为自己是孝子，白居易会批评世间不孝顺的现象。母亲去世那年，他还写过这样一首名诗。

燕诗示刘叟

梁上有双燕，翩翩雄与雌，

衔泥两椽间，一巢生四儿。

四儿日夜长，索食声孜孜。

青虫不易捕，黄口无饱期。

嘴爪虽欲敝，心力不知疲，

须臾十来往，犹恐巢中饥。

辛勤三十日，母瘦雏渐肥。

喃喃教言语，一一刷毛衣。

一旦羽翼成，引上庭树枝。

举翅不回顾，随风四散飞。

雌雄空中鸣，声尽呼不归。

却入空巢里，啁啾终夜悲。

燕燕尔勿悲，尔当返自思；

思尔为雏日，高飞背母时。

当时父母念，今日尔应知！

这是一首寓言诗，双燕的遭遇就是刘叟的遭遇，也是世间不顾父母，只想自己远走高飞的人常有的遭遇。

这首诗寓意深远，一个人如果想要孩子对自己孝顺，自己首先要孝顺老人。

• • • • • • • 如何让傻儿子快速成长？ • • • • • •

我儿子天天傻玩，他怎么才能长大？

贷款

给孩子贷点款吧，他就不会这么开心了！

白居易

《长安时报》头版截图

大唐十大人物：知名大诗人多年照顾心疾母亲，孝

心感动华夏

白居易：跟杜甫一样，母亲也是我的启蒙者！

白居易也借诗写过夫妻之情。

我们来看看白居易这个直男在新婚之际写给爱妻杨氏的诗。

赠内

生为同室亲，死为同穴尘。

他人尚相勉，而况我与君。

黔娄固穷士，妻贤忘其贫。

冀缺一农夫，妻敬俨如宾。

陶潜不营生，翟氏自爨薪。

梁鸿不肯仕，孟光甘布裙。

君虽不读书，此事耳亦闻。

至此千载后，传是何如人。

人生未死间，不能忘其身。

所须者衣食，不过饱与温。

蔬食足充饥，何必膏粱珍？

缯絮足御寒，何必锦绣文？

君家有贻训，清白遗子孙。

我亦贞苦士，与君新结婚。

庶保贫与素，偕老同欣欣。

白居易想表达对妻子的尊重和相守一生的期许，但是诗行之间，理智要胜过情感，白居易对妻子杨氏多加告诫和教诲。

对尊重和同情女性的白居易而言，虽然与妻子的这段感情并非轰轰烈烈，但两人之间也拥有一种别样的温暖。

新婚入洞房，本是人生四大乐事之一。也许是因为太过耿直，偏偏在这个时候，白居易用此诗给他媳妇认认真真上了一课。

虽然在诗的开头，老白对妻子说：我们俩从此相濡以沫，相守一生。然而，他想表达的重点是，妻子一定要学习历朝历代的贤惠妇人（诗中举了几个例子），以她们为榜样，安贫乐道、勤俭持家。

不仅如此，白居易还引用杨家先祖的优秀事迹，告诫妻子，千万不要太过追求物质，这样才能家和万事兴。

从下面这首诗可以看出，白居易对妻子心有愧意。

> **赠内子**
>
> 白发长兴叹，青蛾亦伴愁。
>
> 寒衣补灯下，小女戏床头。
>
> 暗淡屏帏故，凄凉枕席秋。
>
> 贫中有等级，犹胜嫁黔娄。

白居易一直在叹气，妻子也陪他发愁。跟着自己，妻子过得很清苦，但生活也不至于太糟，至少嫁给自己比嫁给黔娄好。

在被贬江州途中，老白还不忘给杨氏写首小情诗。

舟夜赠内

三声猿后垂乡泪，一叶舟中载病身。

莫凭水窗南北望，月明月暗总愁人！

白居易一身是病，坐在船上，听到岸上传来猿的悲鸣之声，不由得思念家乡，思念妻子，默默流泪。

白居易在诗中劝慰妻子不要太过愁闷，要好好保重身体。

愁苦一生，何以解忧

有些人的成功，是只顾自己不顾他人。

那我们俩真的不适合生存。

下面这几首诗，主要记录的是白居易对子侄辈的慈爱。

> ### 金銮子晬日
>
> 行年欲四十，有女曰金銮。
>
> 生来始周岁，学坐未能言。
>
> 惭非达者怀，未免俗情怜。
>
> 从此累身外，徒云慰目前。
>
> 若无夭折患，则有婚嫁牵。
>
> 使我归山计，应迟十五年。

老白 37 岁时才结婚，一生共育有三个子女，其中两个都不幸夭折。

白居易内心是非常痛苦的。他为长女金銮子写过很多首诗，上面这首写于金銮子周岁时，尽显老白的舐犊情深。

诗的最后四句，写出老白对未来生活的向往："孩子，希望你平安顺遂，让我亲眼见你婚嫁，可是我的俸禄不高，要给你攒足嫁妆，应推迟十五年再退休。"

下面这首则是白居易写给金銮子的悼亡诗。上下两首诗之间，老白的心境骤变，从舐犊情深走向悲凉崩溃。

病中哭金銮子

岂料吾方病，翻悲没不全。

卧惊从枕上，扶哭就灯前。

有女诚为累，无儿岂免怜。

病来才十日，养得已三年。

慈泪随声迸，悲肠遇物牵。

故衣犹架上，残药尚头边。

送出深村巷，看封小墓田。

莫言三里地，此别是终天。

白居易因梦到自己的女儿伤心难过，以至于从睡梦中惊醒，在昏黄的油灯前痛哭流涕。

孩子走了，小小的衣服还挂在衣架上，病重时没喝完的药还放在一边。睹物思人，白居易痛失爱女的伤痛恐难被抚平。

即便如此，老白还要忍痛为女儿操办安葬的事，在村外给她修了一座小墓。虽然家里离墓地只有三里地，但是从此已是阴阳两隔了。

读完此诗，对老白痛失爱女的肝肠寸断、痛彻心扉，读者应能感同身受了。

再看下面这组老白纪念爱女的诗作。

念金銮子二首

衰病四十身，娇痴三岁女；

非男犹胜无，慰情时一抚。

一朝舍我去，魂影无处所！

况念天化时，呕哑初学语。

始知骨肉爱，乃是忧悲聚。

唯思未有前，以理遣伤苦。

忘怀日已久，三度移寒暑。

今日一伤心，因逢旧乳母。

与尔为父子，八十有六旬；

忽然又不见，迩来三四春。

形质本非实，气聚偶成身。

恩爱元是妄，缘合暂为亲。

念兹庶有悟，聊用遣悲辛。

惭将理自夺，不是忘情人。

老白对爱女的去世，总是无法释怀，一旦想起来就要写诗怀念。

一代诗魔，对长女的爱无法割舍，常常泪洒诗行。

后来，白居易在 58 岁时有了一个儿子，取名阿崔。

阿崔

谢病卧东都，羸然一老夫。

孤单同伯道，迟暮过商瞿。

岂料鬓成雪，方看掌弄珠。

已衰宁望有，虽晚亦胜无。

兰入前春梦，桑悬昨日弧。

里闾多庆贺，亲戚共欢娱。

腻剃新胎发，香绷小绣襦。

玉芽开手爪，酥颗点肌肤。

弓冶将传汝，琴书勿坠吾。

未能知寿夭，何暇虑贤愚。

乳气初离壳，啼声渐变雏。

何时能反哺，供养白头乌。

因老年得子，老白和亲戚街坊曾经无比欢快，好好照顾儿子的起居，儿子也很惹人怜爱。

可惜天不遂人愿，又一次夺走了老白的孩子。

下面这首诗，写于洛阳，时为公元 831 年。

> ### 哭崔儿
>
> 掌珠一颗儿三岁，发雪千茎父六旬。
>
> 岂料没先为异物，常忧吾不见成人。
>
> 悲肠自断非因剑，啼眼加昏不是尘。
>
> 怀抱又空天默默，依前重作邓攸身。

人生无常，失去爱子，除了哭泣和感受到无尽的悲伤，60 岁的老白似乎做不了任何事。

以前担心看不到孩子长大，自己就离世，可现实又是"白发人送黑发人"。

一心为民、爱心无限的白居易，为什么会有如此悲惨的遭遇？

幸好，还有侄儿阿龟、二女儿罗儿，给老白的人生带来些许乐趣。

> ### 弄龟罗
>
> 有侄始六岁，字之为阿龟。
>
> 有女生三年，其名曰罗儿。
>
> 一始学笑语，一能诵歌诗。

朝戏抱我足，夜眠枕我衣。

汝生何其晚？我年行已衰。

物情少可念，人意老多慈。

酒美竟须坏，月圆终有亏。

亦如恩爱缘，乃是忧恼资。

举世同此累，吾安能去之！

　　此诗描写了老白对侄儿和幼女的怜爱之情。白居易的侄儿阿龟比他的小女儿罗儿大 3 岁，两人纯真稚趣，给白居易带来了家庭的欢乐。

　　这两个孩子，一个学大人说话的样子很可爱，一个则会背诵诗歌，白天他们还喜欢抱着白居易的腿撒娇嬉戏，夜晚则喜欢枕着他的衣服入睡，这不由得让白居易感慨："汝生何其晚？我午行已衰。"

　　老白已经年老体衰了，深知恩爱幸福的日子是烦恼的根源，但任谁都想沉浸在这样的幸福中，永远不离开。

　　很显然，是亲情抚慰了白居易苍老的心。

白居易的父慈子孝时刻

当然是靠谱!

一个人最重要的才华是什么?

白季庚在符离安家后,白居易就与一个女孩相识了。于是从那时开始,这个女孩经常出现在白居易的诗中,她便是湘灵。

湘灵是白居易的初恋,他们两家是邻居。湘灵活泼可爱,擅长音律。白居易亲切地称她为"东邻婵娟子"。

然而,湘灵家的条件一般,白母一直阻挠这对小年轻自由恋爱。

虽然湘灵最终未能成为白居易的家人,但从多首诗歌里可以看出，老白早将她当成了家人。

早年，当老白还是小白的时候，他写过一首《邻女》，记叙自己爱上湘灵这件事。

> ### 邻女
>
> 娉婷十五胜天仙，白日姮娥旱地莲。
>
> 何处闲教鹦鹉语？碧纱窗下绣床前。

此诗中老白犹如在深情表白：

湘灵啊湘灵，你是如此美丽，才 15 岁就貌美如嫦娥仙子，在我心中像旱地里的莲花一样，圣洁无比。你的样子让我刻骨铭心，一生难忘。

你的声音如此悦耳，可是如今在哪里才能见到碧纱窗下、绣床前教鹦鹉说话的你呢？

27 岁的时候，白居易自符离去浮梁。一路上他写了三首怀念湘灵的诗。

前两首分别是《寄湘灵》《寒闺夜》。

> ### 寄湘灵
>
> 泪眼凌寒冻不流，每经高处即回头。
>
> 遥知别后西楼上，应凭栏干独自愁。

冬季寒冷，眼泪流下来就被冻住。每次经过高处，白居易都忍不住回望一下，希望看到湘灵的身影。

这是怎样一种孤独凄楚的情感！

再看另一首。

寒闺夜

夜半衾裯冷，孤眠懒未能。

笼香销尽火，巾泪滴成冰。

为惜影相伴，通宵不灭灯。

这首诗以湘灵的口吻写成，倾诉对小白的思念，实际上是小白在思念湘灵。

天地无言，万籁俱寂，但是因为思念心爱之人，无心睡眠，内心凄寒。屋里的孤灯与人影相伴。

白居易的文笔，已经炉火纯青。

他还写过一首《井底引银瓶》，控诉当时的门第婚恋观。他在诗中感叹：爱情太过梦幻，敌不过现实的冰冷。

贞元十六年（公元 800 年），白居易 29 岁，考上了进士，回符离住了一段时间。他恳切地向母亲央求与湘灵结婚，但被门第观念极重的母亲断然拒绝，之后白居易无奈离家。

在远迁之时，白母竟然决绝地不让两人相见。

之后，30多岁的大龄青年白居易，很显然是在用不婚来对抗母亲的霸道。

白居易又一次写出怀念湘灵的诗。

冬至夜怀湘灵

艳质无由见，寒衾不可亲。

何堪最长夜，俱作独眠人。

找不到理由让咱俩相见，那怎么办？在这漫漫长夜，我们只能各自独眠。

感秋寄远

惆怅时节晚，两情千里同。

离忧不散处，庭树正秋风。

燕影动归翼，蕙香销故丛。

佳期与芳岁，牢落两成空。

《感秋寄远》也是白居易写给湘灵的情诗。

又到了深秋，想你却见不到你，怎一个"愁"字了得？

寄远

欲忘忘未得，欲去去无由。

两腋不生翅，二毛空满头。

坐看新落叶，行上最高楼。

暝色无边际，茫茫尽眼愁。

下面这首名诗，写于公元793年，白居易时年22岁。

潜别离

不得哭，潜别离。不得语，暗相思。

两心之外无人知。

深笼夜锁独栖鸟，利剑春断连理枝。

河水虽浊有清日，乌头虽黑有白时；

惟有潜离与暗别，彼此甘心无后期！

"潜别离"是指不能公开的离别，这是一种不能道明的伤感。

白居易在不满中控诉：这一次告别后，可能就后会无期了。有谁知道我们俩的感情呢？我们是被活生生拆散的呀！

河水总有变清的时候，满头黑发也有变白的一天。

可是这种离别的情绪，将永远留在内心，再不改变。

后来，白居易 37 岁的时候，经人介绍与同僚杨虞卿的堂妹结了婚。

湘灵曾亲手为老白做过一双鞋，白居易一直带在身边，很是珍惜。

有一次，贬谪江州的白居易带侄儿玩耍，侄儿将湘灵所送的鞋放在水中当小船玩，白居易连忙制止，侄子被吓得大哭。

由此可见，在老白心中，湘灵送的这双鞋有多么珍贵。

白居易不时写诗表达对湘灵的思念，例如《夜雨》《感镜》等。

夜雨

我有所念人，隔在远远乡。

我有所感事，结在深深肠。

乡远去不得，无日不瞻望。

肠深解不得，无夕不思量。

况此残灯夜，独宿在空堂。

秋天殊未晓，风雨正苍苍。

不学头陀法，前心安可忘？

那年秋天，阴雨绵绵，白居易在屋檐下看雨，想起了湘灵。

两人的感情以分离而告终，这悲苦结局，能怪谁呢?

> **感镜**
>
> 美人与我别，留镜在匣中。
>
> 自从花颜去，秋水无芙蓉。
>
> 经年不开匣，红埃覆青铜。
>
> 今朝一拂拭，自照憔悴容。
>
> 照罢重惆怅，背有双盘龙。

白居易虽与杨氏成婚，但每每想起湘灵，内心还是忍不住一声叹息。

现在，老白只剩一枚铜镜随身相伴，自湘灵离开后，连院子里的花朵都失去了本来的颜色。

镜匣很久没打开了，上面落有厚厚的尘土，拿起来一看，照见的竟是自己憔悴的面容，内心真是惆怅啊!

据说后来，白居易蒙冤被贬江州途中，遇见了正在漂泊的湘灵父女。

此情此景下，白居易与湘灵抱头痛哭了一场，并写下了题为《逢旧》的诗。

> 逢旧
>
> 我梳白发添新恨，君扫青蛾减旧容。
>
> 应被傍人怪惆怅，少年离别老相逢。

很多人认为，白居易能写出《长恨歌》《琵琶行》，对女性充满关爱，源于他对湘灵的爱。的确，湘灵带给他的影响太大了。

也就是说，与湘灵的爱情悲剧一定程度上成为白居易在诗坛写出成名作的情感基础。

以悲剧和逆境为底色的人生，能开出最美丽的花朵。

脑补大剧场

生活果然不容易（100）

白锽

乖孙子，你出生的时候啊，新郑正在闹水灾。

白锽

希望你过得好，才给你取了"居易"这个名字。

白居易

江湖最高礼节

白锽

都是一家人，不必拘礼！

白锽

心情畅快，比什么都强。

白居易

爷爷多说点，最近我的思想有点滑坡……

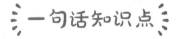一句话知识点

白居易一辈子深受爷爷白锽的影响，尤其是在山水诗风格和闲适情调方面。

母亲陈氏

阿连，我身体不好，给你添麻烦了……

白居易

千万不要这么说！

白居易

如果不是母亲大人亲执诗书，昼夜教导，怎会有孩儿的今天……

 白季庚

@白居易 听说你母亲后来疯了？

 白季庚

没想到她被生活折磨成这样……

 白季庚

真是人生无常！

白居易

这里 崩溃

一句话知识点

　　白居易的母亲陈氏因为亲人接连离世，患上了精神疾病，她习惯叫白居易为"阿连"。

189

白居易

@白幼文 大哥，那年你给我一袋米，我从浮梁背回洛阳，一直走了2500里。

白居易

从那时候开始，我就知道人世的艰辛……

白幼文

那是你有孝心的表现。

母亲陈氏

阿连，好歹我看到你结婚了！

白居易

儿子不孝……

白季庚

@白居易 你结婚时多大?

白居易

回父亲的话，37岁……

白季庚

你知不知道，很多人37岁时都当爷爷了！

白季庚

离谱

一句话知识点

因为母亲阻碍自己和湘灵，白居易一直没找对象，以示对母亲的抗议。

白季庚

孩子，你一向孝顺，为啥这么晚才结婚？

母亲陈氏

还找了一个没文化的人……

白居易

心情复杂

元稹

我替白兄回答吧！那是因为他没遇到合适的爱情。

白季庚

阿连啊，跟你说过多少次了，你跟湘灵不合适，婚姻是通往官场非常好的桥梁。

白季庚

爱情，你们年轻人懂什么叫爱情？

元稹

一般相亲的时候，不适合就是穷，没感觉就是丑，一见钟情就是好看，深思熟虑就是有钱。

191

白居易

哈哈哈哈哈哈

 一句话知识点

白居易与杨氏结婚，可能单纯是为了母亲的健康考虑，新婚夫人杨氏不通文墨。

白居易

在感情上我比你更专一！ @元稹

元稹

你这话什么意思

白居易

真要我在群里说吗?

元稹

好吧，你赢了!

一句话知识点

虽然元稹曾写出令无数人流泪的"曾经沧海难为水，除却巫山不是云"，但他在感情上确实不够专一。

元稹

> 还是想办法早点结婚吧，好妻子让你幸福，脾气不好的女人让你成为哲学家。

白居易

> 那你现在是安享幸福呢，还是早已成了哲学家？

元稹

> 我保持沉默行吗？

元稹

> 其实，结婚是为了幸福的生活，不结婚也是……

白居易

> 果然是金句小王子！

夫人杨氏

> @ 白居易 婚后我让你受过委屈吗？跟你吵过一次架吗？

白居易

> 还真的没有，夫人，你很好！

夫人杨氏

> 那不就行了，别想太多。

夫人杨氏

拥有我
是你人生的巅峰了

白居易

此时的我

一句话知识点

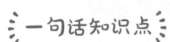

对于婚姻，白居易心情复杂。但在这件事情上，他最后还是没跟母亲较劲。

湘灵

> 我给你纳的鞋了穿上没有？

白居易

> 婵娟子，那双鞋我怎么舍得穿呢，我一直放在箱子里！

湘灵

> 那我送你的铜镜呢，拿出来用总是可以的吧？

白居易

> 不舍得用，怕触物伤情……

湘灵

你以前不是这样的！

白居易

跟你分开以后，我就彻底变了。

夫人杨氏

读书苦，你把身体都熬坏了，看你满头的白发……

白居易

不苦不苦，没人一起说话才苦。

白居易邀请 元稹 加入聊天

湘灵

这位是？

白居易

和你分开以后，跟我说话最多的人。

元稹

湘灵姑娘，久仰大名！

湘灵

元老师好！

元稹

@湘灵 有眼光，老白可是宝藏男人。

 元稹

> @白居易 在这件事上，我真的觉得你母亲太过分太自私了！

白居易

这里 崩溃

 元稹

> 过自己想要的生活不是自私，要求别人按自己的意愿生活，那才是自私！

白居易

> 在成家这件事上，就让我吃点亏吧……

白居易

> 吃亏和吃饭一样，吃多了都会让人长大！

 湘灵

忍住不哭

 夫人杨氏

> @湘灵 姑娘，我跟老白已经成家，有了自己的宝玉，你也去找自己的幸福吧，勿扰。

白居易

一句话知识点

白居易和邻女湘灵被母亲棒打鸳鸯。

蒙蒙问爸爸

爸爸：白居易真的太有人情味了。

蒙蒙：我也要学习白居易！

爸爸：学习他的什么呢？

蒙蒙：孝顺和慈爱！

元稹

刘禹锡

李商隐

湘灵

6

" 何以疗愈，唯有诗文 "

——白居易的感伤诗

唐宣宗

韩愈

裴度

柳宗元

被皇帝从京城贬到江州，白居易中途在鄂州短暂停留。

可以想见老白当时内心的凄凉，虽有匡扶社稷之心，到头来还是被贬去偏远之地。

在白居易眼里，秋天是"寒秋"，明月是"冷月"，江船是"孤舟"，隐约传来的歌声也是"堪愁绝"。

群聊名称	终究一个人扛下了所有事 >
群二维码	>
群公告	>
备注	>
查找聊天内容	>
消息免打扰	

他的身体不太好，走到哪里，手上都要捧着一个保温杯。

他的咳嗽声很刺耳，呼吸有些不顺畅，头发早就花白了，典型的未老先衰。

医务室里常见他的身影，医生们都知道他得了好几种慢性病。

可是他的生命力出奇地旺盛，结结实实活了 75 岁。

这个人，平生最爱写诗。

几十年前，即使李白跟杜甫联手，也只写了 2000 余首。

可他孤军奋战，一个人就写了 3000 多首。

可以说，他的病很大原因是写诗写出来的，春夏秋冬，他不敢有一丝懈怠。

诗，是人心的延伸，他的赤诚之心令人敬佩。

这个诗人叫白居易，不媚权贵，即使九死也不悔。

他酷爱时评，经常要写几篇，有不少篇都得罪了人。

要知道，他跟李白不一样。

唐玄宗给李白调过羹，高力士给李白脱过靴，就连杨贵

妃都为李白捧过砚，可以说李白受到了万千宠爱。

按照电影《妖猫传》的说法，杨贵妃对李白的诗给予高度评价，她充满敬佩地对李白说："大唐有你，才真的了不起！"

这些，白居易敢想象吗？

不敢。

然而，这并不妨碍他成为大唐最伟大的诗人和时评家之一。

白居易善于书写宦海沉浮，慨叹人生苦短。

最能代表白居易的人生态度的，有可能是下面这首小诗。

> **花非花**
>
> 花非花，雾非雾；
>
> 夜半来，天明去。
>
> 来如春梦几多时？
>
> 去似朝云无觅处。

此诗可谓句句有禅机，表达了诗人对人生如梦幻泡影，不可捉摸的感慨。

看得出来，白居易带着惋惜之情，去追思那些在生活中存在过而又消逝了的美好的人与物。

可是，除了追思和哀叹，一个普通人还能做什么呢？

白居易的诗里，有时候会有令人唏嘘的感伤。

南浦别〉

南浦凄凄别〉，西风袅袅秋。

一看肠一断，好去莫回头。

西风袅袅，这秋日风光萧瑟，让人陡生肠断的感觉。

哪里是风光令人伤感，是诗人心里有事。

想念兄弟的时候他也有这种愁绪。

望月有感

自河南经乱，关内阻饥，兄弟离散，各在一处。因望月有感，聊书所怀，寄上浮梁大兄、於潜七兄、乌江十五兄，兼示符离及下邽弟妹。

时难年荒世业空，弟兄羁旅各西东。

田园寥落干戈后，骨肉流离道路中。

吊影分为千里雁，辞根散作九秋蓬。

共看明月应垂泪，一夜乡心五处同。

这首诗是科举高中后的白居易，归家省亲时目睹到国家离乱的感怀之作。当时，宣武节度使去世，兵将叛乱，诗人的老家也成为战场。

时代的磨难，加上连续两年的大旱灾，群众饱受苦难。

当时白居易回到洛阳侍奉母亲，兄弟姐妹分散在五个地方。

对白居易而言，国家和百姓在他心中始终占据着重要地位。而这首诗将一个家族的痛与千家万户的困苦连在一起。

夜雨

我有所念人，隔在远远乡。

我有所感事，结在深深肠。

乡远去不得，无日不瞻望。

肠深解不得，无夕不思量。

况此残灯夜，犹宿在空堂。

秋天殊未晓，风雨正苍苍。

不学头陀法，前心安可忘？

这首诗充满了忧郁伤感的情调，念及的还是初恋对象，因为太刻苦铭心，所以无法忘却。

下面这首诗，写的是家庭生活的艰辛。

秋霁

金火不相待，炎凉雨中变。

林晴有残蝉，巢冷无留燕。

沉吟卷长簟，怆恻收团扇。

向夕稍无泥，闲步青苔院。

月出砧杵动，家家捣秋练。

独对多病妻，不能理针线。

冬衣殊未制，夏服行将绽。

何以迎早秋，一杯聊自劝。

此诗通过描绘大自然和动物的各种情态，营造出萧瑟的氛围。

随后又宕开一笔，书写家中的病妻，以及缺衣少食的生活现状。

关于被贬的情绪

大概在公元 816 年，长兄白幼文带着家族的小字辈们来到江州，看望白居易。

两兄弟阔别好几年，悲喜交加，相拥而泣。亲人的到来，让白居易内心深感温暖，那一年他的二女儿阿罗也出生了。

到了秋天，亲人归去，他心中的无限离愁被唤起。他将来看望他的亲人送到了溢浦口，沉浸在悲伤中。

这时一阵琵琶声传来，声音悠扬，如泣如诉，直击他的内心。

他依声寻去，发现弹琴的是一个坐在船上的女子。得知她的故事和遭遇，白居易的创作欲被激发了，写下一篇千古叙事名作《琵琶行》。

琵琶行

浔阳江头夜送客，枫叶荻花秋瑟瑟。

主人下马客在船，举酒欲饮无管弦。

醉不成欢惨将别，别时茫茫江浸月。

忽闻水上琵琶声，主人忘归客不发。

寻声暗问弹者谁，琵琶声停欲语迟。

移船相近邀相见，添酒回灯重开宴。

千呼万唤始出来，犹抱琵琶半遮面。

转轴拨弦三两声，未成曲调先有情。

弦弦掩抑声声思，似诉平生不得志。

低眉信手续续弹，说尽心中无限事。

轻拢慢捻抹复挑，初为《霓裳》后《六幺》。

大弦嘈嘈如急雨，小弦切切如私语。

嘈嘈切切错杂弹，大珠小珠落玉盘。

间关莺语花底滑，幽咽泉流冰下难。

冰泉冷涩弦凝绝，凝绝不通声渐歇。

别有幽愁暗恨生，此时无声胜有声。

银瓶乍破水浆迸，铁骑突出刀枪鸣。

曲终收拨当心画，四弦一声如裂帛。

东船西舫悄无言，唯见江心秋月白。

沉吟放拨插弦中，整顿衣裳起敛容。

自言本是京城女，家在虾蟆陵下住。

十三学得琵琶成，名属教坊第一部。

曲罢曾教善才伏，妆成每被秋娘妒。

五陵年少争缠头，一曲红绡不知数。

钿头云篦击节碎，血色罗裙翻酒污。

今年欢笑复明年，秋月春风等闲度。

弟走从军阿姨死，暮去朝来颜色故。

门前冷落鞍马稀，老大嫁作商人妇。

商人重利轻别离，前月浮梁买茶去。

去来江口守空船，绕船月明江水寒。

夜深忽梦少年事，梦啼妆泪红阑干。

我闻琵琶已叹息，又闻此语重唧唧。

同是天涯沦落人，相逢何必曾相识！

我从去年辞帝京，谪居卧病浔阳城。

浔阳地僻无音乐，终岁不闻丝竹声。

住近湓江地低湿，黄芦苦竹绕宅生。

其间旦暮闻何物，杜鹃啼血猿哀鸣。

春江花朝秋月夜，往往取酒还独倾。

岂无山歌与村笛，呕哑嘲哳难为听。

今夜闻君琵琶语，如听仙乐耳暂明。

莫辞更坐弹一曲，为君翻作琵琶行。

感我此言良久立，却坐促弦弦转急。

凄凄不似向前声，满座重闻皆掩泣。

座中泣下谁最多？江州司马青衫湿。

此诗创作于公元816年秋天，诗中白居易对音乐的描写极其细致到位。

作为教坊内技艺精湛的乐手，琵琶女曾红极一时，曾令无数人倾慕。然而，等她年龄渐大的时候，就被娱乐圈无情抛弃，夫君是商人，为了生意也常常不归家，后来她流落到了江州地界。

琵琶女与白居易的遭遇何其相似，他这首长诗既在同情琵琶女，也在怜悯自己。

大家都是不能掌控命运的弱者，内心自然是相通的。

这首诗正因为写出了共同的失落情感，才更能感染人，有很多读者都是因为它才成为白居易的粉丝的。

《琵琶行》叙事生动，写情入微。白居易充分理解琵琶女的痛苦，并将其视为知音，这在古代诗人里并不多见。

 白居易

寻人启事：

三天前，本人在江边与一位老年女子交谈，后来忘记留下联系方式，现面向公众征集线索。有提供线索者定会当面酬谢！个人特征：年龄约50岁，身穿紫色长裙，大眼睛、高鼻梁，留着披肩长发，手抱一柄琵琶，长安口音。

♡元稹，韩愈，裴度，夫人杨氏，刘禹锡，李商隐，柳宗元，崔群，张籍，白幼文，湘灵，陈鸿，王质夫，凝公大师，裴垍，李绛，贾岛，孟郊，牛僧孺，武元衡，李建，杨虞卿，唐宪宗，樊素，小蛮等388人

元稹：要不要我在朋友圈里转发一下？

唐宪宗：要让户部介入吗？

白居易 回复 唐宪宗：不敢不敢！

夫人杨氏：你找她做什么？

李商隐：试问情为何物？

白居易 回复 夫人杨氏：不要胡思乱想！

王质夫：我提着灯笼帮你去找！

白居易 回复 王质夫：谢谢老王！

贾岛：我一个出家人都被感动了！

　　其实，在创作这首长诗之前，白居易还写过一首相似题材的短诗，主题和意境与《琵琶行》基本一致。

夜闻歌者

夜泊鹦鹉洲，秋江月澄澈。

邻船有歌者，发调堪愁绝。

歌罢继以泣，泣声通复咽。

寻声见其人，有妇颜如雪。

独倚帆樯立，娉婷十七八。

夜泪似真珠，双双堕明月。

借问谁家妇？歌泣何凄切？

一问一沾襟，低眉终不说。

被皇帝从京城贬到江州，白居易中途在鄂州短暂停留。

可以想见老白当时内心的凄凉，虽有匡扶社稷之心，到头来还是被贬去偏远之地。

在白居易眼里，秋天是"寒秋"，明月是"冷月"，江船是"孤舟"，隐约传来的歌声也是"堪愁绝"。

《夜闻歌者》和《琵琶行》是不是特别像？不同之处在于，他与歌者没有交谈，与琵琶女则有深入交流。

有人说，《夜闻歌者》的写作，为《琵琶行》的横空出世做好了准备。

写诗着实费眼

　　白居易在做周至县尉的时候，认识了两个朋友，一个叫
王质夫，一个叫陈鸿。

　　如果说《长恨歌》是奠定白居易江湖地位的封神之作，
那上面这两位朋友就是这首长诗的助产师。

　　白居易、王质夫和陈鸿，三个人经常在一起喝酒撸串，
议论朝政。

白居易到周至工作时间不长，就写下几十首诗，创作力惊人。之前说过，在唐代，县尉的工作就是向上拍马屁，向下收重税，真不是人干的活，像白居易这种有着强烈爱民之心的人，更是承受着万般煎熬。

这痛苦的岁月，简直让人身心俱疲，唯有饮酒度日，暂时忘却愁苦。

元和元年（公元806年），也就是白居易35岁的时候，三人相约喝酒，忽然谈论到安史之乱，以及唐明皇和杨贵妃的爱情，越侃越有感觉。

王质夫和陈鸿怂恿白居易，说："你这么有才，写一首诗来秀（展示）一下呗！"

白居易当时也挺有感觉，好多内容都侃过了，发挥一下就是成品。

整整二大，白居易没有出门，一首精彩绝伦的长诗就这样横空出世。

> **长恨歌**
>
> 汉皇重色思倾国，御宇多年求不得。
>
> 杨家有女初长成，养在深闺人未识。
>
> 天生丽质难自弃，一朝选在君王侧。

回眸一笑百媚生，六宫粉黛无颜色。

春寒赐浴华清池，温泉水滑洗凝脂。

侍儿扶起娇无力，始是新承恩泽时。

云鬓花颜金步摇，芙蓉帐暖度春宵。

春宵苦短日高起，从此君王不早朝。

承欢侍宴无闲暇，春从春游夜专夜。

后宫佳丽三千人，三千宠爱在一身。

金屋妆成娇侍夜，玉楼宴罢醉和春。

姊妹弟兄皆列土，可怜光彩生门户。

遂令天下父母心，不重生男重生女。

骊宫高处入青云，仙乐风飘处处闻。

缓歌慢舞凝丝竹，尽日君王看不足。

渔阳鼙鼓动地来，惊破霓《裳羽衣曲》。

九重城阙烟尘生，千乘万骑西南行。

翠华摇摇行复止，西出都门百余里。

六军不发无奈何，宛转蛾眉马前死。

花钿委地无人收，翠翘金雀玉搔头。

君王掩面救不得，回看血泪相和流。

黄埃散漫风萧索，云栈萦纡登剑阁。

峨眉山下少人行，旌旗无光日色薄。

蜀江水碧蜀山青，圣主朝朝暮暮情。

行宫见月伤心色，夜雨闻铃肠断声。

天旋地转回龙驭，到此踌躇不能去。

马嵬坡下泥土中，不见玉颜空死处。

君臣相顾尽沾衣，东望都门信马归。

归来池苑皆依旧，太液芙蓉未央柳。

芙蓉如面柳如眉，对此如何不泪垂？

春风桃李花开夜，秋雨梧桐叶落时。

西宫南苑多秋草，落叶满阶红不扫。

梨园弟子白发新，椒房阿监青娥老。

夕殿萤飞思悄然，孤灯挑尽未成眠。

迟迟钟鼓初长夜，耿耿星河欲曙天。

鸳鸯瓦冷霜华重，翡翠衾寒谁与共？

悠悠生死别经年，魂魄不曾来入梦。

临邛道士鸿都客，能以精诚致魂魄。

为感君王辗转思，遂教方士殷勤觅。

排空驭气奔如电，升天入地求之遍。

上穷碧落下黄泉，两处茫茫皆不见。

忽闻海上有仙山，山在虚无缥缈间。

楼阁玲珑五云起，其中绰约多仙子。

中有一人字太真，雪肤花貌参差是。

金阙西厢叩玉扃，转教小玉报双成。

闻道汉家天子使，九华帐里梦魂惊。

揽衣推枕起徘徊，珠箔银屏迤逦开。

云鬟半偏新睡觉，花冠不整下堂来。

风吹仙袂飘飘举，犹似霓裳羽衣舞。

玉容寂寞泪阑干，梨花一枝春带雨。

含情凝睇谢君王，一别音容两渺茫。

昭阳殿里恩爱绝，蓬莱宫中日月长。

回头下望人寰处，不见长安见尘雾。

唯将旧物表深情，钿合金钗寄将去。

钗留一股合一扇，钗擘黄金合分钿。

但教心似金钿坚，天上人间会相见。

临别殷勤重寄词，词中有誓两心知。

七月七日长生殿，夜半无人私语时。

在天愿作比翼鸟，在地愿为连理枝。

天长地久有时尽，此恨绵绵无绝期。

　　唐王朝以安史之乱为分界线，此前为强盛期，之后则为衰落期。

　　《长恨歌》以爱情为叙事主线，将国家大事与情爱小事结合在一起。全篇120句，840个字，既有神话气息，又有艺术感染力，堪称经典中的经典。

全诗前半部分依史说事，后半部分则杂糅了一些民间传说，前后转换自然，天衣无缝。

在白居易的时代，唐玄宗与杨贵妃的故事已经很有知名度了。

有人觉得他们的爱情太过火，灼伤了观众；也有人觉得不能轻率地将安史之乱归结于他们的感情。

唐玄宗和杨贵妃是悲剧的主角，同时又是悲剧的制造者。在讽喻之中，白居易对两人的爱情抱有同情。

点题的名句"天长地久有时尽，此恨绵绵无绝期"，给人留下无穷的想象与回味的空间。

白居易认为，同样可惜的还有汉代的一位后宫女子，于是他写出了《李夫人》，这首诗堪称《长恨歌》的姊妹篇。

李夫人

汉武帝，初丧李夫人。

夫人病时不肯别，死后留得生前恩。

君恩不尽念不已，甘泉殿里令写真。

丹青画出竟何益？不言不笑愁杀人。

又令方士合灵药，玉釜煎链金炉焚。

九华帐深夜悄悄，反魂香降夫人魂。

夫人之魂在何许？香烟引到焚香处。

既来何苦不须臾？缥缈悠扬还灭去。

去何速兮来何迟？是耶非耶两不知。

翠蛾仿佛平生貌，不似昭阳寝疾时。

魂之不来君心苦，魂之来兮君亦悲。

背灯隔帐不得语，安用暂来还见违。

伤心不独汉武帝，自古及今皆若斯。

君不见穆王三日哭，重璧台前伤盛姬。

又不见泰陵一掬泪，马嵬坡下念杨妃。

纵令妍姿艳质化为土，此恨长在无销期。

生亦惑，死亦惑，尤物惑人忘不得。

人非木石皆有情，不如不遇倾城色。

　　红颜薄命的李夫人，为了把最好的一面留给汉武帝，在重病之时一直捂着脸。读起来，是不是感觉跟《长恨歌》特别像？

　　怎么说呢，在中国历史上，很多诗人在作品里藏有名句。而白居易的这首《长恨歌》，简直就是"金句制造机"。

　　随后，大唐各地的知识分子，都开始传抄这首优秀作品。再后来，当朝皇帝把白居易召到身边为官。

　　白居易的仕途奇迹般出现重大转机，既要感谢这首《长恨歌》，也要感谢王质夫、陈鸿两个难兄难弟。

　　在感伤的时候，白居易特别容易想到悲苦美人王昭君。

> ### 过昭君村
>
> 灵珠产无种，彩云出无根。
>
> 亦如彼姝子，生此遐陋村。
>
> 至丽物难掩，遽选入君门。
>
> 独美众所嫉，终弃出塞垣。
>
> 唯此希代色，岂无一愿恩。
>
> 事排势须去，不得由至尊。
>
> 白黑既可变，丹青何足论。
>
> 竟埋代北骨，不返巴东魂。
>
> 惨澹晚云水，依稀旧乡园。
>
> 妍姿化已久，但有村名存。
>
> 村中有遗老，指点为我言。

> 不取往者戒，恐贻来者冤。
>
> 至今村女面，烧灼成瘢痕。

上面这首诗，是白居易由江州赴忠州，途经昭君村时所写，感叹昭君身世的同时，白居易也在感叹自己的命运、无辜遭贬的境遇。

下面这首诗，悲的是人生易老。

> **早秋曲江感怀**
>
> 离离暑云散，袅袅凉风起。
>
> 池上秋又来，荷花半成子。
>
> 朱颜自销歇，白日无穷已。
>
> 人寿不如山，年光忽于水。
>
> 青芜与红蓼，岁岁秋相似。
>
> 去岁此悲秋，今秋复来此。

同样说人生易老的诗还有以下这首。

> **唤笙歌**
>
> 露坠萎花槿，风吹败叶荷。

老心欢乐少，秋眼感伤多。

芳岁今如此，衰翁可奈何！

犹应不如醉，试遣唤笙歌。

在送别亲朋好友的时候，情绪的主基调，当然也是感伤。

秋江送客

秋鸿次第过，哀猿朝夕闻。

是日孤舟客，此地亦离群。

蒙蒙润衣雨，漠漠冒帆云。

不醉浔阳酒，烟波愁杀人。

不只是天上的鸿雁、地上的猿猴，连雨和云都在为离别的感伤推波助澜。

下面这首诗，情调悲切，感叹时间易逝。

寄黔州马常侍

闲看双节信为贵，乐饮一杯谁与同？

可惜风情与心力，五年抛掷在黔中。

有时候，白居易也会有对天命难违的哲理思考，比如下

221

面这首乡愁主题的诗歌。

宿荥阳

生长在荥阳，少小辞乡曲。

迢迢四十载，复到荥阳宿。

去时十一二，今年五十六。

追思儿戏时，宛然犹在目。

旧居失处所，故里无宗族。

岂唯变市朝，兼亦迁陵谷。

独有漆沭水，无情依旧绿。

几十年光阴过去，老宅已经荒废了，旧人不知去向，只有童年的记忆还在脑海里闪回。

回到曾经居住的地方，白居易也会心生感怀。

再到襄阳访问旧居

昔到襄阳日，髯髯初有髭。

今过襄阳日，髭鬓半成丝。

旧游都似梦，乍到忽如归。

东郭蓬蒿宅，荒凉今属谁？

故知多零落，闾井亦迁移。

> 独有秋江水，烟波似旧时。

故宅无比荒凉，朋友完全没有了踪影，只有一江秋水，还跟从前一样。

对于自己颠沛流离的命运，老白常常发出感叹。

> 将之饶州，江浦夜泊
>
> 明月满深浦，愁人卧孤舟。
>
> 烦冤寝不得，夏夜长于秋。
>
> 苦乏衣食资，远为江海游。
>
> 光阴坐迟暮，乡国行阻修。
>
> 身病向鄱阳，家贫寄徐州。
>
> 前事与后事，岂堪心并忧？
>
> 忧来起长望，但见江水流。
>
> 云树霭苍苍，烟波淡悠悠。
>
> 故园迷处所，一念堪白头。

爱情消陨了，母亲去世了，白居易对符离这个地方不再留恋，整理好思绪后，他重新上路。

一个人确实孤单，投奔长兄白幼文会怎样，没人知道，真是迷茫至极，沉重至极。

船至江浦，他写下了《将之饶州，江浦夜泊》这首诗。

江南风光无限好，他却无心再赏。因为此时的他，贫苦无依。

时间似乎在这里停顿，愁绪笼罩着他。

和自己成为朋友

看不清自己的命运之路时，白居易会写诗抒发自己的苦闷。

> **长安早春旅怀**
>
> 轩车歌吹喧都邑，中有一人向隅立。
>
> 夜深明月卷帘愁，日暮青山望乡泣。
>
> 风吹新绿草芽坼，雨洒轻黄柳条湿。
>
> 此生知负少年春，不展愁眉欲三十。

写下上面这首诗的时候，是在公元 800 年，白居易 29 岁，因为前途未卜，他有些不安。

"我都快 30 岁了，还一事无成，真是辜负了人生大好春光！"

长安城经历安史之乱后，当时已恢复了繁华景象，商人们在讨价还价，富人们坐在轿子里来往穿梭，还有人骑马飞驰而过……

可是这些又与我有什么关系？长安不是我的家乡，只会更加衬托出我的孤独与无力。

　　白居易会享受超然物外的暂时解脱，然而，他情绪的主基调还是伤感，因为他本来是想积极入仕，有所作为的。

> 客路感秋，寄明准上人
>
> 日暮天地冷，雨霁山河清。
>
> 长风从西来，草木凝秋声。
>
> 已感岁候忽，复伤物凋零。
>
> 孰能不凄惨？天时牵人情。
>
> 借问空门子，何法易修行？
>
> 使我忘得心，不教烦恼生。

　　贞元二十一年（公元 805 年），唐顺宗李诵即位，改年号为永贞，着手改革政治，史称"永贞革新"，革新派开始在政坛中得势，柳宗元、刘禹锡皆在其中。

　　相比之下，白居易相对淡然，也有人说他当时级别太低，并未参与"永贞革新"。

　　游览山水的时候，他内心是不想与朝廷的事情有所牵绊的吧？

　　也不尽然。

　　这世间之事，往往事与愿违。

> **三月三十日题慈恩寺**
>
> 慈恩春色今朝尽，尽日徘徊倚寺门。
>
> 惆怅春归留不得，紫藤花下渐黄昏。

春天快过去了，白天热闹的寺庙也归于安静，这里是寄托人间希望最多的地方，但它真的能够帮助香客们实现愿望吗？

在江州与兄长白幼文一别，竟是永别。

为了暂离痛苦，白居易到佛堂读经，后来因为身体原因，他只能在家中闭关。

> **闭关**
>
> 我心忘世久，世亦不我干。
>
> 遂成一无事，因得常掩关。
>
> 掩关来几时？仿佛二三年。
>
> 著书已盈帙，生子欲能言。
>
> 始悟身向老，复悲世多艰。
>
> 回顾趋时者，役役尘壤间。
>
> 岁暮竟何得？不如且安闲！

在这首诗中，白居易不再斗志昂扬，只剩无尽哀叹。

我忘记这个世界很久了，世事也跟我没啥关系，闭关虽然时间很短，却好像过了两三年，孩子都开始牙牙学语了。

世事为何如此艰难？人们在冥冥中都被一种力量所驱使，一年到头也没有什么收获。

既然结局都一样，还不如静下来，闲下来。

让白居易伤感的，当然还有故去的李白的遭遇。

李白去世10年后，白居易出生。对诗仙，他是无比敬重的，他曾到当涂去祭奠李白。

那么大名气的诗人的墓，竟然如此荒凉，白居易心有戚戚焉。

在贬谪江州期间，他心情不好的时候会想起这位大文豪，动情之时写出了下面这首诗。

李白墓

采石江边李白坟，绕田无限草连云。

可怜荒陇穷泉骨，曾有惊天动地文。

但是诗人多薄命，就中沦落不过君。

此诗吊古伤今，正是用古人酒杯，浇自家块垒。

太白公，我虽没见过你，但我们的心灵相通！

白居易辞世后，被葬在洛阳的香山寺旁，上千年来，祭奠他的人络绎不绝。

白居易墓边的小道泥泞不堪，那是因为粉丝们习惯以美酒祭之，才导致如此。

希望老白在天之灵，不感伤，不孤单！

脑补大剧场

终究一个人扛下了所有事（200）

 元稹

朝中那么多坏人，跟人有关的事他们一件不做。

 元稹

他们没有羞耻心吗？

白居易

是啊，因为没有羞耻心，所以活得心安理得！

 元稹

凭什么好人过得那么惨？

白居易

因为好人内心规矩多……

 元稹

展开说说

白居易

感觉好累……

白居易

不想说话

元稹

创业的事，你还考虑吗？

白居易

商场如战场，读书人就不要掺和了！

元稹

我都懂。用体力赚钱就老实一点，用脑力赚钱就机灵一点，用资源赚钱就圆滑一点。

元稹

思钱（前）想厚（后）

白居易

你那是纸上谈兵。

白季庚

要不我们去报个理财班吧！

白居易

教你赚钱的人，基本上都把你的钱赚了……

5分钟
爆笑诗词 白居易篇

一句话知识点

元稹和白居易是朝廷里的一对难兄难弟。

白居易

@ 王质夫 整天仙风道骨，优哉游哉，你是怎么做到的？

 王质夫

你是问我为啥不生气？

 王质夫

生气就是用别人的错误来惩罚自己啊！

白居易

流下有技术含量的眼泪

 陈鸿

有空还是去仙游寺喝点酒，写点诗吧！

白居易

但凡见面，不醉不归！

白居易

没有酒，就没有《长恨歌》……

232

陈鸿

这首长诗写得实在是太好了！

白居易

你的《长恨歌传》也很好啊！

 陈鸿

没有《长恨歌》，哪有《长恨歌传》！

一句话知识点

周至是白居易仕途起飞的地方，正是在那里他写下了《长恨歌》，那是一首典型的感伤长诗。

 裴度

大家都来说说，为何老白的诗里，一个永恒的题材是女性？

 孟郊

他的诗里，与女性有关的诗文有不少……

 元稹

这世上除了男人，不就是女人？

白居易

楼上高见

白居易

知道为什么我那么喜欢女性题材吗?

白居易

唉,现在一身荷尔蒙都变成了胆固醇……

白居易

我 @ 两个人,你们就知道了……

白居易

@ 母亲陈氏 @ 湘灵

 一句话知识点

白居易同情女性的命运,为她们发声。

元稹

那个弹琵琶的女子,现在还找得到吗?

白居易

你想联系她?

元稹

你不想跟她联系吗?

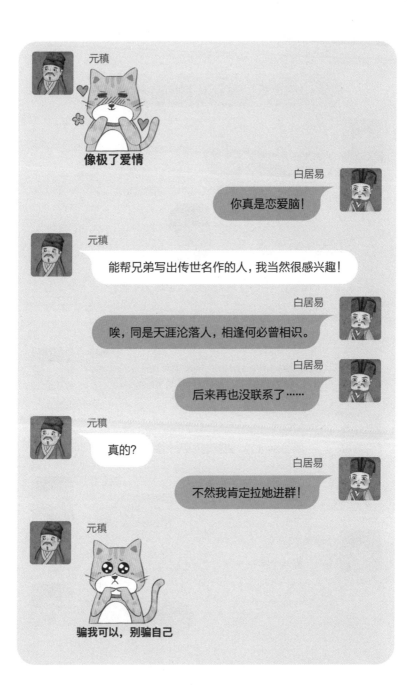

白居易

就算她还在世，也很老了，细看是一种残忍。

元稹

一句话知识点

　　一次简单的送别，一次意外的邂逅，成就了《琵琶行》。

白居易

@凝公大师 敢问大师，禅的精髓何在?

凝公大师

既然你问了，我就送你八个字……

白居易

哪八个字?

元稹

哪八个字? +1

白居易

元九兄弟……

白居易

拜见大佬

凝公大师

观、觉、定、慧、明、通、济、舍！

白居易

好难……

凝公大师

大家都有什么苦恼？

元稹

我很好

白居易

要不大师开个有关"禅"的培训班吧！
谁要报名？

元稹

报名

崔群

报名 +1

裴度

报名 +1

贾岛

还有我 我也要

一句话知识点

凝公大师是白居易学禅的引路人，后来白居易也把大师的八个字写成了一首诗。

蒙蒙问爸爸

蒙蒙：白居易跟杜甫，谁更伤感？

爸爸：应该是杜甫！

蒙蒙：为什么？

爸爸：因为杜甫身体更差，仕途更不如意。